特洛埃围城记

（今译为《特洛伊罗斯与克瑞西达》）

【英】莎士比亚 著

朱生豪 译

朱尚刚 审订

中国青年出版社

献 辞

谨以此书献给

父亲朱生豪诞辰 100 周年！

——朱尚刚

本书系

朱尚刚先生推荐的

莎士比亚戏剧朱生豪原译本

目录

附　录　　/178

出版说明

莎士比亚戏剧朱生豪原译本
珍藏全集

"莎士比亚戏剧朱生豪原译本珍藏全集"丛书，其中27部是根据1947年（民国三十六年）世界书局出版、朱生豪翻译的《莎士比亚戏剧全集》（三卷本）原文，四部历史剧（《约翰王》、《理查二世的悲剧》、《亨利四世前篇》、《亨利四世后篇》）是借鉴1954年作家出版社出版、朱生豪翻译的《莎士比亚戏剧集》（十二），同时参考其手稿出版的。

朱生豪翻译莎士比亚戏剧以"保持原作之神韵"为首要宗旨。他的译作也的确实现了这个宗旨，以其流畅的译笔、华赡的文采，保持了原作的神韵，传达了莎剧的气派，被誉为翻译文学的杰作，至今仍受到读者的热烈欢迎和学界的高度评价。许渊冲曾评价说，二十世纪我国翻译界可以传世的名译有三部：朱生豪的《莎士比亚全集》、傅雷的《巴尔扎克选集》和杨必的《名利场》。

于是，朱生豪译本成为市场上流通最广的莎剧图书，发行量达数千万册。但鲜为人知的是，目前市场上有几十种朱译莎剧的版本，虽然都写着"朱生豪译"，但所依据的大多是人民文学出版社 1978 年的"校订本"——上世纪 60 年代初期，人民文学出版社组织一批国内一流专家对朱生豪原译本进行校订和补译，1978 年出版成"校订本"——经校订的朱译莎剧无疑是对原译本的改善，但在某种意义上来说，校订者和原译者的思维定式和语言习惯不同，因此经校订后的译文在语言风格的一致性等方面受到了影响，还有学者对某些修改之处也提出存疑，尤其是以"职业翻译家"的思维方式，去校订和补译"文学家翻译"的译本语言，不但改变了朱生豪原译之味道，也可能在一定程度上影响了莎剧"原作之神韵"的保持。

当流行的朱译莎剧都是"被校订"的朱生豪译本时，时下读者鲜知人文校订版和"朱生豪原译本"的差别，错把冯京当马凉，几乎和本色的朱生豪译作失之交臂。因此，近年来不乏有识之士呼吁：还原朱生豪原译之味道，保持莎剧原作之神韵。

中国青年出版社根据朱生豪后人朱尚刚先生推荐的原译版本，对照朱生豪翻译手稿进行审订，还原成能体现朱生豪原译风格、再现朱译莎剧文学神韵的"原译本"系列，让读者能看到一个本色的朱生豪译本（包括他的错漏之处）。

1947年（民国三十六年），世界书局首次出版朱生豪译的《莎士比亚戏剧全集》时，曾计划先行出版"单行本"系列，朱生豪夫人宋清如女士还为此专门撰写了"单行本序"，后因直接出版了三卷本的"全集"，未出单行本而未采用。2012年，朱生豪诞辰100周年之际，经朱尚刚先生授权，以宋清如"单行本序"为开篇，中国青年出版社"第一次"把朱生豪原译的31部莎剧都单独以"原译名"成书出版，制作成"单行本珍藏全集"。

谨以此向"译界楷模"朱生豪100周年诞辰献上我们的一份情意！

2012年8月

《莎剧解读》序（节选）

　　我们在翻译中，首先碰到的问题就是评论中所引用的莎士比亚原文，究竟由我们自己翻译出来，还是借用接任已有的翻译。我们决定借用别人的译文。当时译出的莎剧已经不少，译者大多都是名家，但我们毫不迟疑地选择了朱生豪的译本。朱的译本于抗战时期在世界书局出版，装订为三厚册。他翻译此书时，年仅三十多岁。他不顾当时环境艰苦，条件简陋，以极大的毅力和热忱，完成了这项难度极高的巨大工程，真是令人可敬可服。一九五四年，人民文学出版社将它再版重印，分为十二册，文字没有作什么更动，只是将有些剧本的名字改得朴素一点。我们在翻译莎剧评论时，所援引的原著译文就是根据这一版本。当时我见到主持出版社工作的老友适夷，对他说，他办了一件好事。不料后来，出版社却把这一版本停了，改出新的版本。新版本补充了朱生豪未译的几个历史剧，而对朱译的其他各剧，则请人再据原文校改。校改者虽然大多尊重原译，但是在个别文字上也作了不少订正。从个别字汇看，不能说这些订正不对，校改者所订正的某些字，确实比原译更确切。但从整体来看，还有原译的精神面貌问题，即传神达旨的问题必须加以考虑。拘泥原著每个字的准确性，不一定就更能传达原著的总体精神面貌。相反，有时甚至可能会损害原著的整体精神。我国古代文论中，刘勰有所谓"谨发而易貌"的说法，即是指此。这意思是说，画家倘拘泥于去画人的每根头发，反而是会使人的面貌走样。汤用彤曾说魏晋识鉴在神明。从那时起我国审美趣味十分重视传神达旨。刘知几《史通》区分了貌同心异与貌异心同两种不同的模拟，认为前者为下，后者为上，也是阐明同一道理。过去我们的翻译理论强调直译，这在一定时期（或在纠正不负责任随心所欲的意译之风时）是必要的，但如果强调过头，忽略传神达旨的重要，那也成为另一种一偏之见了。朱译在传神达旨上可以说是首屈一指的，所以我们翻译莎剧评论引用原剧文字时，仍用未经动过的朱译。我们准备这样做也得到了满涛的同意。后来他在翻译中倘遇到莎剧文字，也同样援用一九五四年出的朱译本子。直到后来，我才知道，朱生豪和我少年时代的老师任铭善先生是大学的同学而且友善，二人在校时即同组诗社唱和。有趣的是任先生学的是外文，后来却弃外文而专攻国学；而朱生豪在校时，读的是中文，后来却弃中文而投身莎士比亚的翻译。朱的译文，不仅优美流畅，而且在韵味、音调、气势、节奏种种行文微妙处，莫不令人击节赞赏，是我读到莎剧中译的最好译文，迄今尚无出其右者。

（此部分摘录自歌德等著，张可、王元化译的《莎剧解读》，经王元化家属桂碧清女士特别授权使用。）

莎氏剧集单行本序[①]

文／宋清如

　　盖惟意志坚强，识见卓越之士，为能刻苦淬砺，历艰难而不退，守困穷而不移，然后成其功遂其业。吾于生豪之译莎氏剧本全集，亦不得不云然。余识生豪久，知生豪深，洞悉其译莎剧之始末。且大部之成，余常侍其左右，故每念其沥尽心血，未及完工，竟以身殉，恒不自禁其哀怨之切也。

　　生豪秀水人，幼具异禀，早失怙恃，性情温和若女子。然意志刚强，识见卓越，平生无嗜好，洁身自爱，不屑略涉非礼，颇有伯夷之风。年十八卒业于邑之秀州中学，入杭州之江大学工国文英文两科，师友皆目为杰出之人才。卒业后于世界书局任英文编辑，每公事毕辄浏览群书，尤嗜诗歌。后乃悉心研究莎氏剧本，从事移植。尝谓莎翁著作足以冠盖千古，超越千古，而我国至今尚无全集之译本，诚足令人齿

---

　　① 1947年世界书局曾经考虑在出版三卷本的《莎士比亚戏剧全集》前先出系列单行本，为此宋清如女士专门拟写了序。后来世界书局没有出单行本，直接出全集了，这篇序也就没有采用。经朱尚刚先生授权，首次在珍藏版莎士比亚戏剧系列单行本上独家采用。——编者注

冷。余决勉为其难，一洗此耻。其译作之经过，略见于其自序。厥后因用心过度，精神日损而贫困日甚。译事伤其神，国事家事短其气，而孜孜矻矻工作益勤，操心益苦。不幸竟于三十三年六月肺疾加剧，委顿床席，奔走无方，医药不继，终致于十二月廿六日未时谢世，年仅三十又四[①]。莎剧全集尚缺五本又半，抱志未酬，哀哉痛哉！

生豪喜诗歌，早年著作均失于战火。尝自辑其旧体诗歌，釐为四卷，分歌行、漫越、长短句及译诗，而命之谓《古梦集》。新体诗则有《小溪集》、《丁香集》等。皆于中美日报馆被占时失去。今所存仅少数新诗耳。

自致力译莎工作以后，绝少写作。良以莎翁作品使之心醉神往，反觉己之粗疏浅陋，不能自慊于怀。尝拟于莎剧全集译竣而后，再译莎翁十四行诗。不意大业未就，遽而弃世。才人命蹇，诚何痛惜！生豪于中国诗人中，酷爱渊明，盖其恬淡之性，殊多同趣也。至于译笔之优劣短长，自有公论，余不欲以偏见淆其面目也。

---

① 朱生豪生于1912年2月（阴历为壬子年12月），1944年12月去世，去世时是32周岁，但若按阴历虚岁计算的话，就是34岁。——编者注

剧中人物

普赖姆——特洛埃国王

赫克脱
特洛埃勒斯
巴里斯   ——普赖姆之子
台福勃斯
亥伦纳斯

玛加雷浪——普赖姆的庶子

伊尼亚斯   ——特洛埃将领
恩替诺

卡尔却斯——特洛埃教士，投降于希腊

潘达勒斯——克蕾雪达的叔父

阿加曼侬——希腊主帅

米尼劳斯——阿加曼侬之弟

亚契尔斯

哀杰克斯
尤列赛斯
纳斯脱   ——希腊将领
戴奥米第斯
伯特罗克勒斯

瑟息替斯——残废而好谩骂的希腊人

耶力山特——克蕾雪达的仆人

特洛埃勒斯的仆人

巴里斯的仆人

戴奥米第斯的仆人

海伦——米尼劳斯之妻

安特罗玛契——赫克脱之妻

凯珊特拉——普赖姆之女，能预知未来

克蕾雪达——卡尔却斯之女

特洛埃及希腊军士，从者等

地点

特洛埃，及特洛埃郊外的希腊营地

开场白

　　这一本戏的地点是在特洛埃。一群心性高傲的希腊王子，怀着满腔的愤怒，把他们满载着准备一场恶战的武器的船舶会集在雅典港口；六十九个戴着王冠的武士，从雅典海湾浩浩荡荡向腓利基亚出发；他们立誓荡平特洛埃，因为在特洛埃的坚强的围墙里，米尼劳斯的王妃，被奸污的海伦，正在风流的巴里斯怀抱中睡着：这就是引起战衅的原因。他们到了退尼陀斯，从庞大的船舶上搬下了他们的坚甲利器；这批新上战场未临矢石的希腊人，就在达丹平原上扎下他们威武的营寨。普赖姆的六个城门的城市，达丹，丁勃里亚，伊里亚斯，契他斯，特洛琴，和安替诺力第斯，都用重重的铁锁封闭起来，关住了特洛埃的健儿。一边是特洛埃人，一边是希腊人，两方面各自提心吊胆，不知道谁胜谁败；正像我这念开场白的人，又要担心编剧的一枝笔太笨拙，又要担心演戏的嗓子太坏，不知道这本戏究竟演得像个什么样子一样。在座的观众诸君，我要声明一句，我们并不从这场战争开始

的时候演起，却是从中途开始演起的；后来的种种事实，都
尽量在这本戏里表演出来。诸位欢喜它也好，不满意也好，
都随诸位的高兴；本来胜败兵家常事，万一我们演得不好，
也是不足为奇的呀。

第一幕

既得之后是命令，未得之前是请求。虽然我的心里装满了爱情，我却不让我的眼睛泄漏我的秘密。

第一场 特洛埃；普赖姆王宫门前

【特洛埃勒斯披甲胄上，潘达勒斯随上。

特 叫我的仆人来，我要把盔甲脱下了。我自己心里正在发生激战，为什么还要到特洛埃的城外去作战呢？让每一个能够主宰自己的心的特洛埃人去上战场吧；唉！特洛埃勒斯的心是早就不属于他自己了。

潘 您不能把您的精神振作起来吗？

特 希腊人又强壮，又有智谋，又凶猛，又勇敢；我却比一颗妇人的眼泪更柔弱，比一头绵羊更温驯，比无知的蠢汉更痴愚，比夜间的处女更懦怯，比不懂事的婴儿更笨拙。

潘 好，我的话也早就说完了；我自己实在不愿再多管什么闲事。一个人要吃面饼，总得先等把麦子磨成了粉。

特 我不是已经等过了吗？

潘 嗯，您已经等到麦子磨成了面粉；可是您必须再等面粉放在筛里筛过。

特　　那我不是也已经等过了吗？

潘　　嗯，您已经等到面粉放在筛里筛过；可是您必须再等它发起酵来。

特　　那我也已经等过了。

潘　　嗯，您已经等它发过酵了；可是以后您还要等面粉搓成了面团，炉子里生起了火，把面饼烘熟；就是烘熟以后，您还要等它凉一凉，免得烫痛了您的嘴唇。

特　　忍耐的女神也没有遭受过像我所遭受的那么多的苦难的迫害。当我坐在普赖姆的华贵的食桌上的时候，我一想起美丽的克蕾雪达，——该死的家伙！"我一想起！"什么时候她离开过我的脑海呢？

潘　　嗯，我从来没有看见过她像昨天晚上那样美丽，她比无论那一个别的女人都美丽。

特　　我是要告诉你：当我那颗心好像要被叹息劈成两半的时候，为了恐怕被赫克脱或是我的父亲觉察，我不得不把这叹息隐藏在笑纹的后面，正像懒洋洋的阳光勉强从阴云密布的天空探出头来一样；可是强作欢娱的忧伤，是和乐极生悲同样使人难堪的。

潘　　她的头发倘不是比海伦的头发略微黑了点儿，——

嗯，那也不用说了，她们这两个人是比较不来的；可是拿我自己来说，她是我的侄女，我当然不好意思像人家说的过分夸奖她，不过我倒很希望有人听见她昨天的谈话，像我听见她一样。令姊凯珊特拉的口才固然很好，可是——

特 啊潘达勒斯！我对你说，潘达勒斯，——当我告诉你我的希望沉没在什么地方的时候，你不该回答我它们葬身的深渊是有多么深。我告诉你我为了克蕾雪达爱到发疯；你却回答我她是多么美丽，把她的眼睛，她的头发，她的脸庞，她的步态，她的语调，尽量地倾注在我心头的伤口上。啊！你口口声声对我说，一切洁白的东西，和她的玉手一比，都会变成墨水一样黝黑，写下它们自己的谴责；比起她柔荑的一握来，天鹅的绒毛是坚硬的，最敏锐的感觉，相形之下也会变成农夫的手掌一样粗糙。当我说我爱她的时候，你这样告诉我；你的话并没有说错，可是你不但不替我在爱情所加于我的伤痕上敷抹油膏，反而用刀子加深我的一道道伤痕。

潘 我说的不过是真话。

特　你的话还没有说到十分。

潘　真的，我以后不管了。让她美也好，丑也好，她果然是美的，那是她自己的福气；要是她不美，也只好让她自己设法补救。

特　好潘达勒斯，怎么啦，潘达勒斯！

潘　我为你们费了许多的气力，她也怪我，您也怪我；在你们两人中间跑来跑去，今天一趟，明天一趟，也不会听见一句感谢的话。

特　怎么！你生气了吗，潘达勒斯？怎么！生我的气吗？

潘　因为她是我的侄女，所以她就比不上海伦美丽；倘使她不是我的侄女，那么她在星期五也像海伦在星期日一样美丽。可是那跟我有什么相干呢！即使她是个黑丑的非洲人，也不关我的事。

特　我说她不美吗？

潘　您说她美也好，说她不美也好，我都不管。她是个傻瓜，不跟她父亲去，偏要留在这儿；让她到希腊人那儿去吧，下次我看见她的时候，一定这样对她说。拿我自己来说，那么我以后可再也不管人家的闲事了。

特　　潘达勒斯，——

潘　　我什么都不管。

特　　好潘达勒斯，——

潘　　请您别再跟我多说了！言尽于此，我还是让一切照旧的好。（潘下。内号角声）

特　　别闹，你们这些聒耳的喧哗！别闹，粗暴的声音！两方面都是些傻瓜！无怪海伦是美丽的，因为你们每天用鲜血涂染着她的红颜。我不能为了这一个理由去和人家作战；它对于我的剑是一个太贫乏的题目。可是潘达勒斯，——天哪！你是多么作弄着我！我要向克蕾雪达传达我的情愫，只有靠着潘达勒斯的力量；可是央他去说情，他自己就是这么难说话，克蕾雪达又是那么凛若冰霜，把一切哀求置之不闻。爱坡罗，为了你的达芬的爱，告诉我，克蕾雪达是什么，潘达勒斯是什么，我们都是些什么？她的眠床就是印度；她睡在上面，是一颗无价的明珠；一道汹涌的波涛隔开在我们的中间；我是个采宝的商人，这个潘达勒斯便是我的不可靠的希望，我的载登彼岸的渡航。

【号角声。伊尼亚斯上。

伊 　啊，特洛埃勒斯王子！您怎么不上战场去？

特 　我不上战场就是因为我不上战场：这是一个娘儿们的答案，因为不上战场就不是男子汉的行为。伊尼亚斯，战场上今天有什么消息？

伊 　巴里斯受了伤回来了。

特 　谁伤了他，伊尼亚斯？

伊 　米尼劳斯。

特 　让巴里斯流血吧；一个替人家戴上头巾，一个替人家挂上彩，只算礼尚往来。（号角声）

伊 　听！今天城外厮杀得多么热闹！

特 　我倒宁愿在家里安静点儿。可是我们也去凑凑热闹吧；你是不是要到那边去？

伊 　我立刻就要去。

特 　好，那么我们一块儿去吧。（同下）

第二场 同前；街道

【克蕾雪达及耶力山特上。

克　　走过去的那些人是谁？

耶　　赫邱琶王后和海伦。

克　　她们到什么地方去？

耶　　她们是上东塔去的，从塔上可以俯瞰山谷，看到战事的进行。赫克脱素来是个很有涵养的人，今天却发了脾气；他骂过他的妻子安特罗玛契，打过他的造甲胄的人；看来战事吃紧，在太阳升起以前他就披着轻甲，上战场去了；那战地上的每一朵花，都像一个先知似的，在赫克脱的愤怒中看到了将要发生的一场血战而凄然堕泪。

克　　他为什么发怒？

耶　　据说是这样的：在希腊军队里有一个特洛埃血统的将领，是赫克脱的侄子；他们叫他做哀杰克斯。

克　　好，他怎么样？

耶　　他们说他是个与众不同的人。这个人，姑娘，从许多野兽身上偷到了它们的特点：他像狮子一样勇敢，熊一样粗蠢，象一样迟钝。造物在他身上放进了太多的怪脾气，以致于把他的勇气揉成了愚蠢，在他的愚蠢之中，却又有几分聪明。每一个人的好处，他都有一点；每一个人的坏处，他也都有一点。他会无缘无故地垂头丧气，也会莫明其妙地兴高彩烈。什么事情他都懂得几分，可是什么都是鸡零狗碎的，就像一个害着痛风的勃赖厄吕斯，生了许多的手，一点用处都没有；又像一个昏眊的阿古斯，生了许多的眼睛，瞧不见什么东西。

克　　可是这个人我听了会好笑，怎么会把赫克脱激怒了呢？

耶　　他们说他昨天和赫克脱交战，把赫克脱打下马来；赫克脱受到这场耻辱，气得饭也吃不下睡也睡不着。

克　　谁来啦？

【潘达勒斯上。

耶　　姑娘，是您的叔父潘达勒斯。

克　　赫克脱是一条好汉子。

耶　　他在这世上可算是一条好汉，姑娘。

潘　　你们说些什么？你们说些什么？

克　　早安，潘达勒斯叔叔。

潘　　早安，克蕾雪达侄女。你们在那儿讲些什么？早安，
　　　耶力山特。你好吗，侄女？你什么时候到王宫里去过？

克　　今天早上，叔叔。

潘　　我来的时候你们在讲些什么？赫克脱在你进宫去的
　　　时候已经披上甲出去了吗？海伦还没有起来吗？

克　　赫克脱已经出去了，海伦还没有起来。

潘　　是这样吗？赫克脱起身得倒很早。

克　　我们刚才就在讲这件事，也说起他的愤怒。

潘　　他在发怒吗？

克　　这个人说他在发怒。

潘　　不错，他是在发怒；我也知道他为什么发怒。大家
　　　瞧着吧，他今天一定要显一显他的全身本领；还有
　　　特洛埃勒斯，他的武艺也不比他差多少哩；大家留
　　　心着特洛埃勒斯吧，看我的话有没有错。

克　　什么！他也发怒了吗？

潘　　谁，特洛埃勒斯吗？这两个人比较起来，还是特洛

埃勒斯强。

克　　天哪！这两个人怎么比得起来？

潘　　什么！特洛埃勒斯不能跟赫克脱相比吗？你眼睛里
　　　识得英雄吗？

克　　嗯，要是我见过他，我会认识他的。

潘　　好，我说特洛埃勒斯是特洛埃勒斯。

克　　那么您的意思跟我一样，因为我相信他一定不是赫
　　　克脱。

潘　　赫克脱也有不如特洛埃勒斯的地方。

克　　不错，他们各人有各人的本色；各人都是他自己。

潘　　他自己！唉，可怜的特洛埃勒斯！我希望他是他
　　　自己。

克　　他正是他自己呀。

潘　　他自己！不，他不是他自己。但愿他是他自己！好，
　　　天神在上，时间倘不照顾人，也会替人了结一切。好，
　　　特洛埃勒斯，好！我希望我的心在她的腔子里。不，
　　　赫克脱并不比特洛埃勒斯更了得。

克　　对不起。

潘　　他年纪大了些。

克　　对不起，对不起。

潘　　那一个还不曾到他这样的年纪；等到那一个也到了
　　　这样的年纪，你就要对他刮目相看了。赫克脱今年已
　　　经老得有点头脑糊涂了，他没有特洛埃勒斯的聪明。

克　　他有他自己的聪明，用不到别人的聪明。

潘　　也没有特洛埃勒斯的才能。

克　　那也用不到。

潘　　也没有特洛埃勒斯的漂亮。

克　　那是和他的威武不相称的；还是他自己的相貌好。

潘　　侄女，你真是不生眼睛。海伦前天也说过，特洛埃
　　　勒斯虽然皮肤黑了点儿，——我必须承认他的皮肤
　　　是黑了点儿，不过也不算怎么黑，——

克　　不，就是有点儿黑。

潘　　凭良心说，黑是黑的，可是也不算黑。

克　　说老实话，真是真的，可是有点儿假。

潘　　她说他的皮肤的颜色胜过巴里斯。

克　　啊，巴里斯的皮肤难道血色不足吗?

潘　　不，他的血色很足。

克　　那么特洛埃勒斯的血色就嫌太多了：要是她说他的

皮肤的颜色胜过巴里斯，那么他的血色一定比巴里斯更旺；一个的血色已经很足，一个却比他更旺，那一定红得像火烧一样，还有什么好看？我倒还是希望海伦的金口恭维特洛埃勒斯长着一个紫铜色的鼻子。

潘　　我向你发誓，我想海伦爱他胜过巴里斯哩。

克　　那么她真是一个风流的希腊女人了。

潘　　是的，我的的确确知道她爱着他。有一天她跑到他的房间里去，——你知道他的下巴上一共还不过出了三四根胡子，——

克　　不错，一个酒保都可以很快地把他的须子算出一个总数来。

潘　　他年纪很轻，可是他的哥哥赫克脱能够举起的重量，他也举得起来。可是我要向你证明海伦的确爱他：她跑过去把她白嫩的手摸他的下巴，——你知道他的脸上有两个酒涡，他笑起来比腓利基亚无论那一个人都好看。

克　　啊，他笑得是很好看。

潘　　不是吗？

克　　是，是，就像一朵秋天的乌云。

潘　　那就是了。可是我要向你证明海伦爱着特洛埃勒斯，——

克　　要是您证明有这么一回事，特洛埃勒斯一定不会否认。

潘　　特洛埃勒斯！嘿，他才不把她放在心上，就像我瞧不起一颗坏蛋一样呢。

克　　要是您欢喜吃坏蛋，就像您欢喜胡说八道一样，那您一定会在蛋壳里找小鸡吃。

潘　　我一想到她怎样摸弄他的下巴，就忍不住发笑；她的手真是白得出奇，我必须承认，——

克　　这一点是不用上刑罚您也会承认的。

潘　　她在他的下巴上发现了一根白须。

克　　唉！可怜的下巴！许多人的肉瘤上都比你长着更多的毛呢。

潘　　可是大家都笑得不亦乐乎；赫邱芭王后笑得眼珠都打起滚来。

克　　就像两块磨石似的。

潘　　凯珊特拉也笑。

克　　可是她的眼睛底下火烧得不是顶猛；她的眼珠也打
　　　滚吗？

潘　　赫克脱也笑。

克　　他们究竟都在笑些什么？

潘　　哈哈，他们就是笑那根海伦在特洛埃勒斯下巴上发
　　　现的白须。

克　　要是那是根绿须，那么我也要笑起来了。

潘　　这根胡须还不算好笑，他的俏皮的回答才叫他们笑
　　　得透不过气来。

克　　他怎么说？

潘　　她说，"你的下巴上一共只有五十一根胡须，其中倒
　　　有一根是白的。"

克　　这就是她的问题。

潘　　不错，那你可以不用问。他说，"五十一根胡须，一
　　　根是白的；这根白须是我的父亲，其余都是他的儿
　　　子。""天哪！"她说，"那一根胡须是我的丈夫巴
　　　里斯呢？""出角的那一根"，他说；"拔下来，给
　　　他拿去吧。"大家听了都哄然大笑起来，害得海伦
　　　怪不好意思的，巴里斯气得满脸通红，别的人一个

个哈哈大笑，简直笑得收不拢嘴来。

克　　说了这许多时候的话，现在您也可以收拢嘴来了。

潘　　好，侄女，昨天我对你说起的事情，请你仔细想一想。

克　　我正在想着呢。

潘　　我可以发誓那是真的；他哭起来就像个四月里出世的泪人儿一般。

克　　那么我就像一棵五月里的荨麻一样，在他的泪雨之下长了起来。（内吹归营号）

潘　　听！他们从战场上回来了。我们站在这儿高一点的地方，看他们回宫去好不好？好侄女，看一看吧，亲爱的克蕾雪达。

克　　随您的便。

潘　　这儿，这儿，这儿有一块很好的地方，我们可以看得清清楚楚。他们走过的时候，我可以一个个把他们的名字告诉你，可是你尤其要注意特洛埃勒斯。

克　　说话轻一点。

【伊尼亚斯自台前走。

潘　　　那是伊尼亚斯；他不是一个好汉子吗？我告诉你，他
　　　　　是特洛埃的一朵花。可是留心看好特洛埃勒斯；他
　　　　　就要来了。

【恩替诺自台前走过。

克　　　那个人是谁？

潘　　　那是恩替诺；我告诉你，他是一个很有机智的人，也
　　　　　是一个很好的汉子；他在特洛埃是一个顶有见识的
　　　　　人，他的仪表也很不错。特洛埃勒斯什么时候才来
　　　　　呢？我就可以把特洛埃勒斯指点给你看；他要是看
　　　　　见我，一定会向我点头招呼的。

【赫克脱自台前走过。

潘　　　那是赫克脱，你瞧，你瞧，这才是个汉子！愿你胜利，
　　　　　赫克脱！侄女，这才是个好汉子。啊，勇敢的赫克
　　　　　脱！瞧他的神气多么威严！他不是个好汉子吗？

克　　　啊！真是个好汉。

潘　　不是吗？看见了这样的人，真叫人心里高兴。你瞧
　　　他盔上有多少刀剑的痕迹！瞧那边，你看见吗？瞧，
　　　瞧，这不是说笑话；那一道一道的，好像在说，有
　　　本领的，把我挑下来吧！

克　　那些都是刀剑割破的吗？

潘　　刀剑？他什么都不怕；即使魔鬼来找着他，他也不
　　　放在心上。看见了这样的人，真叫人心里高兴。巴
　　　里斯打那边来了，巴里斯打那边来了。

【巴里斯自台前走过。

潘　　侄女，你瞧那边；他不也是个英俊的男子吗？嗳哟，
　　　瞧他多神气！谁说他今天受了伤回来？他没有受
　　　伤；海伦看见了一定很高兴，哈哈！我希望现在就
　　　看见特洛埃勒斯！你就可以看见特洛埃勒斯了。

克　　那是谁？

【亥伦纳斯自台前走过。

潘　　　那是亥伦纳斯。我不知道特洛埃勒斯到什么地方去
　　　　了。那是亥伦纳斯。我想他今天大概没有出去。那
　　　　是亥伦纳斯。

克　　　亥伦纳斯会不会打仗，叔叔？

潘　　　亥伦纳斯？不，是，他还能应付两下。我不知道特洛
　　　　埃勒斯到什么地方去了。听！你不听见人们在喊"特
　　　　洛埃勒斯"吗？亥伦纳斯是个祭司。

克　　　那边来的那个鬼鬼祟祟的家伙是谁？

　　　【特洛埃勒斯自台前走过。

潘　　　什么地方？那边吗？那是台福勒斯。啊，那是特洛埃
　　　　勒斯！侄女，这才是个好汉子！喝！勇敢的特洛埃
　　　　勒斯！武士中的魁首！

克　　　静声！不害羞吗？别闹啦！

潘　　　瞧着他，留心瞧着他；啊，勇敢的特洛埃勒斯！侄女，
　　　　好好儿瞧着他；瞧他的剑上沾着多少的血，他的盔
　　　　被刀剑斫得比赫克脱那顶还要破；瞧他的神气，瞧
　　　　他走路的姿势！啊，可钦佩的少年！他还没有满

二十三岁哩。愿你胜利，特洛埃勒斯，愿你胜利！要是我有一个姊妹是女神，或是有一个女儿是天仙，我也愿意让他自己选一个去。啊，可钦佩的男子！巴里斯？嘿！巴里斯比起他来简直泥土不如；我可以大胆说一句，海伦要是能够把巴里斯换了特洛埃勒斯，就是叫她挖出一颗眼珠来她也甘心情愿的。

克　　又有许多人来了。

【众军士自台前走过。

潘　　驴子！傻瓜！蠢才！麸皮和糠屑，麸皮和糠屑！大鱼大肉以后的稀粥！我可以在特洛埃勒斯的眼睛里度过我的一生。别瞧啦，别瞧啦；鹰隼已经过去，现在就剩了些乌鸦，就剩了些乌鸦！我宁愿做一个像特洛埃勒斯那样的男子，不愿做阿加曼侬以及整个的希腊。

克　　在希腊人中间有一个亚契尔斯，他比特洛埃勒斯强得多啦。

潘　　亚契尔斯！他只好推推车子，扛扛东西，他简直是只骆驼。

克　　好，好。

潘　　"好，好！"嘿，难道你一点不懂得好坏吗？难道你没有眼睛吗？你不知道怎样才算一个好男子吗？家世，容貌，体格，谈吐，勇气，学问，文雅，品行，青春，慷慨，这些不全是一个理想的男子少不了的条件吗？

【特洛埃勒斯侍童上。

僮　　老爷，我的主人请您马上过去，有事相谈。

潘　　在什么地方？

僮　　就在您府上；他就在那边脱下他的盔甲。

潘　　好孩子，对他说我就来。（童下）我不知道他有没有受伤。再见，好侄女。

克　　再见，叔叔。

潘　　侄女，等会儿我就来看你。

克　　叔叔，您要带些什么来吗？

潘　　是的，我要带一件特洛埃勒斯的礼物给你。

克　那么您真是个氤氲使者了。(潘下)言语，盟誓，礼物，眼泪，以及恋爱的全部祭礼，他都借着别人的手向我呈献过了；然而我从特洛埃勒斯本身所看到的，比之从潘达勒斯的谀辞的镜子里所看到的，还要清楚千倍。可是我却还不能就答应他。女人在被人追求的时候是个天使；无论什么东西，一到了人家手里，便一切都完了；无论什么事情，也只有在正在进行的时候兴趣最为浓厚。一个被人恋爱的女子，要是不知道男人重视未获得的事物，甚于既得的事物，她就等于一无所知；一个女人要是以为恋爱在达到目的以后，还是像热情未获满足以前一样的甜蜜，那么她一定从来不曾有过恋爱的经验。所以我从恋爱中间归纳出这一句箴言：既得之后是命令，未得之前是请求。虽然我的心里装满了爱情，我却不让我的眼睛泄漏我的秘密。(克、耶同下)

第三场 希腊营地；阿加曼侬帐前

【吹号；阿加曼侬，纳斯脱，尤列赛斯，米尼劳斯，及余人等上。

阿　　各位王子，你们的脸上为什么都是这样郁郁不乐？希望所给我们的远大的计划，并不能达到我们的预期；我们雄心勃勃的行为，发生了种种阻碍困难，正像壅结的树瘿扭曲了松树的纹理，妨害了它的发展一样。各位王子，你们都知道我们这次远征，已经遭遇意外的滞延，特洛埃城被围七年，还不能把它攻克下来；我们每一次的进攻，都不能收到理想中的效果。你们因为看到了这样的成绩，所以满脸羞愧，认为莫大的耻辱吗？实在说起来，那不过是伟大的乔武有意试探我们人类有没有恒心的一段长时期的测验而已。人们在被命运眷宠的时候，勇怯强弱智愚贤不肖，都看不出什么分别来；可是一旦为幸运所抛弃，开始涉历惊风骇浪的时候，就好像有一把广大有力的扇子，把他们扇分开来，柔弱无用的都被扇去，有毅力有操守的却会卓立不动。

纳 伟大的阿加曼侬，恕我不揣冒昧，补充你的意思说几句话。在命运的颠沛中，最可以看出人们的气节：波平浪静的时候，有多少轻如一叶的小舟，敢在宁谧的海面上驶过，和那些载重的大船并驾齐驱！可是一等到风涛怒作的时候，你就可以看见那坚固的大船像一匹凌空的天马，从如山的雪浪里，腾跃疾进；那凭着自己单薄脆弱的船身，便想和有力者竞胜的不自量力的小舟呢？不是逃进了港里，便是葬身在海神的腹中了。表面的勇敢，和实际的威武，也正是这样在命运的风浪中区别出来：在和煦的阳光照耀之下，迫害着牛羊的不是猛虎而是蝇虻；可是当烈风吹倒了多节的橡树，蝇虻向有荫庇的地方纷纷飞去的时候，那山谷中的猛虎便会应和着天风的怒号，发出惊人的长啸，正像一个叱咤风云的志士，不肯在命运的困迫之前低头一样。

尤 阿加曼侬，你伟大的统帅，整个希腊的神经和脊骨，我们全军的灵魂和主脑，听尤列赛斯说几句话。对于你在你的崇高的领导的地位上所发表的有力的言词，以及你，纳斯脱，凭着你的老成练达的人生经验所提出的可尊敬的意见，我只有赞美和同意；你的话，伟大的阿加曼侬，应当刻在高耸云霄的铜柱上，让整个希腊都能瞻望得到；你的话，尊严的纳斯脱，应当像天轴地柱一样，把所有希腊人的心系束在一起：可是请你们再听尤列赛斯说几句话。

阿　说吧，依瑟加的王子；从你的嘴唇里吐出来的，一定不会是琐屑的空谈，无聊的废话，正像下流的塞息替斯一张开嘴，我们便知道不会有音乐，智慧，和天神的启示一样。

尤　特洛埃至今兀立不动，没有给我们攻下，赫克脱的宝剑仍旧在它主人的手里，这都是因为我们漠视了军令的森严所致。看这一带大军驻屯的阵地，散布着多少虚有其表的营寨，谁都怀着各不相下的私心。大将就像是一个蜂房里的蜂王，要是采蜜的工蜂大家各自为政，不把采得的粮食归献蜂王，那么还有什么蜜可以酿得出来呢？尊卑的等级可以不分，那么最微贱的人，也可以和最有才能的人分庭抗礼了。

诸天的星辰，在运行的时候，谁都恪守着自身的等级和地位，遵循着各自的不变的轨道，依照着一定的范围，季候，和方式，履行它们经常的职责；所以灿烂的太阳才能高拱中天，炯察寰宇，纠正星辰的过失，揭恶扬善，发挥它的无上威权。可是众星如果出了常轨，陷入了混乱的状态，那么多少的灾祸，变异，叛乱，海啸，地震，风暴，惊骇，恐怖，将要震撼，摧裂，破坏，毁灭这宇宙间的和谐！纪律是达到一切雄图的阶梯，要是纪律发生动摇，啊！那时候事业的前途也就变成黯淡了。要是没有纪律，社会上的秩序怎么可以稳定？学校中的班次怎么可以整齐？城市中的和平怎么可以保持？各地间的贸易怎么可以畅通？法律上所规定的与生俱来的特权，以及尊长，君王，统治者，胜利者所享有的特殊权利，怎么可以确立不坠？只要把纪律的琴弦拆去，听吧！多少刺耳的噪音就会发了出来；一切都是互相抵触；江河里的水会泛滥得高过堤岸，淹没了整个的世界；强壮的要欺凌老弱，不孝的儿子要打死他的父亲；威力代替了公理，没有了是非之分，也没有正义存在。那时候权力便是一切，而凭仗着权力，便可以逞着自己的意志，放纵他的无厌的贪欲；欲望，这一头贪心不足的饿狼，得到了意志和权力的两重辅佐，势必至于把全世界供它的馋吻，然后把自己也吃去了。伟大的阿加曼侬，这一种混乱的状态，只有在纪律被人扼毙以后才会发生。就是因为漠视了纪律，有意前进的才会反而向后退却。主帅被他属下的将领所轻视，那将领又被他的属下所轻视，这样上行下效，谁都瞧不起他的长官，结果就引起了猜嫉争竞的心理，伤害了整个军队的元气。特洛埃所以至今兀立不动，不是靠着它自己的力量，乃是靠着我们的这一种弱点；换句话说，它的生命是全赖我们的弱点替它支持下来的。

纳　尤列赛斯已经很智慧地指出了我们的士气所以不振的原因。

阿　尤列赛斯，病原已经发现了，那么应当怎样对症下药呢？

尤　公认为我军中坚的亚契尔斯，因为听惯了人家的赞誉，养成了骄矜自负的心理，常常高卧在他的营帐里，讥笑着我们的战略；还有伯特罗克勒斯也整天陪着他懒洋洋地躺在一起，说些粗俗的笑话，用荒唐古怪的动作扮演着我们，说是模拟我们的神气。有时候，伟大的阿加曼侬，他模仿着崇高的你，像一个高视阔步的伶人似的，走起路来脚底下发出蹬蹬的声响，用这种可怜可笑的夸张的举止，表演着你的庄严的形状；当他说话的时候，就像一串哑钟的声音，发出一些荒诞无稽的怪话。魁梧的亚契尔斯听见了这臭腐的一套，就会笑得在床上打滚，从他的胸口笑出了一声洪亮的喝彩："好哇！这正是阿加曼侬。现在再给我扮演纳斯脱；咳嗽一声，摸摸你的胡须，就像他正要发表什么演说一样。"伯特罗克勒斯就这样扮了，扮得一点也不像，可是亚契尔斯仍旧喊着，"好哇！这正是纳斯脱。现在，伯特罗克勒斯，给我表演他穿上盔甲去抵御敌人夜袭的姿态。"于是老年人的弱点，就要成为他们取笑的资料：咳一声嗽，吐一口痰，瘫痪的手乱抓乱摸着颈口的钮钉。我们的英雄看见了这样的把戏，简直的要笑死了，他喊着，"啊！够了，伯特罗克勒斯；

我的肋骨不是钢铁打的，你再扮下去，我要把它们一起笑断了。"他们这样嘲笑着我们的能力，才干，性格，外貌，各个的和一般的优长；我们的进展，计谋，命令，防御，临阵的兴奋，议和的言论，我们的胜利或失败，以及一切真实的或无中生有的事实，都被这两人引为信口雌黄的题目。

纳　许多人看着这两个人的榜样，也已经沾上了这一种恶习。哀杰克斯也变得执拗起来了，他那目空一切的神气，就跟亚契尔斯没有两样；他也照样在自己的寨中独张一帜，聚集一班私党饮酒喧哗，大言无忌地指斥着战争的现状；他手下有一个名叫瑟息替斯的奴才，一肚子都是骂人的言语，他就纵容着他把我们比并得泥土不如，使军中对我们失去了信仰，也不管这种言论会引起多么危险的后果。

尤　他们斥责我们的政策，说它是懦怯；他们以为在战争中间用不到智慧；先见之明是不需要的，唯有行动才是一切；至于怎样调遣适当的军力，怎样测度敌人的强弱，这一类运筹帷幄的智谋，在他们的眼中都不值一笑，认为只是些痴人说梦，纸上谈兵；

所以在他们看来，一辆凭着它的庞大的蛮力冲破城墙的战车，它的功劳远过于制造这战车的人，也远过于运用他们的智虑，指挥它的行动的人。（喇叭奏花腔）

阿　这是那里来的喇叭声音？米尼劳斯，你去瞧瞧。

米　是从特洛埃来的。

【伊尼亚斯上。

阿　你到我们的帐前来有什么事？

伊　请问一声，这就是伟大的阿加曼侬的营寨吗？

阿　正是。

伊　我是一个使者，也是一个王子，可不可以让我把一个善意的音信传到他的尊贵的耳中？

阿　当着全体拥戴阿加曼侬为他们的统帅的希腊将士面前，我给你比亚契尔斯的手臂更坚强的保证，你可以对他说话。

伊　谢谢你给我这样宽大的允许和保证。可是一个异邦人怎么可以从这许多人中间，辨别出那一个是他们最尊贵的领袖呢?

阿　　怎么!

伊　　是的,我这样问着,因为我要唤起我的敬意,叫我的颊上准备着呈现一重惭愧的颜色,就像黎明冷眼窥探着少年的腓勃斯一样。那一位是那指导世人的天神,尊贵威严的阿加曼侬?

阿　　这个特洛埃人在嘲笑我们;否则特洛埃人都是些善于辞令的朝士。

伊　　在和平的时候,他们是以天使般坦白,文雅温恭著名的朝士;可是当他们披上甲胄的时候,他们有的是无比的胆量,精良的武器,强健的筋骨,锋利的刀剑,什么也比不上他们的勇敢。可是住口吧,伊尼亚斯!赞美倘然从被赞美者自己的嘴里发出,是会减去赞美的价值的;从敌人嘴里发出的赞美,才是真正的光荣。

阿　　特洛埃的使者,你说你的名字是伊尼亚斯吗?

伊　　是,希腊人,那是我的名字。

阿　　你来有什么事?

伊　　恕我,将军,我必须向阿加曼侬当面说知我的来意。

阿　　从特洛埃来的消息，他必须公之于众人。

伊　　我从特洛埃奉命来此，也不是来向他的耳边密语；我
　　　带了一个喇叭来，要吹醒他的耳朵，唤起他的注意，
　　　然后再让他听我的话。

阿　　请你像风一样自由地说吧，现在不是阿加曼侬酣睡
　　　的时候；特洛埃人，你将要知道他是清醒着，因为
　　　他亲口这样告诉你。

伊　　喇叭，吹响起来吧，把你的洪亮的声音传进这些怠
　　　惰的营帐里；让每一个有骨气的希腊人知道，特洛
　　　埃的意旨是要用高声宣布出来的。（喇叭吹响）伟
　　　大的阿加曼侬，在我们特洛埃有一位赫克脱王子，
　　　普赖姆是他的父亲，他在这沉闷的长期的休战中，
　　　感到了髀肉复生的悲哀；他叫我带了一个喇叭来通
　　　知你们：各位贤王，各位王子，各位将军！要是在
　　　希腊的济济英才之中，有谁重视荣誉甚于安乐；有
　　　谁为了博取世人的赞美，不惜冒着重大的危险；有
　　　谁信任着自己的勇气，不知道世间有可怕的事；有
　　　谁爱恋他的情人，不仅托之于当着他所爱者的面前
　　　所发的空言，并且也敢在别人的怀抱里矢言她的美

貌和才德；要是有这样的人，那么请他接受赫克脱
的挑战。赫克脱愿意当着特洛埃人和希腊人的面前，
用他的全力证明他有一个比任何希腊人所曾经拥抱
过的更聪明，更美貌，更忠心的爱人；明天他要在
你们的阵地和特洛埃的城墙之间的地带，用喇叭吹
起一个真心爱他情人的希腊人来，赫克脱愿意和他
一角胜负；倘然没有这样的人；那么他要回到特洛
埃去向人家说，希腊的姑娘们都是又黑又丑，不值
得一顾的。这就是他叫我来说的话。

阿　　伊尼亚斯将军，这番话我可以去告诉我们军中的情
人们；要是我们军中没有这样的人，那么我们一定
把这样的人都留在国内了。可是我们都是军人；一
个军人要是不想恋爱，不曾恋爱，或者不是正在恋
爱，他一定是个卑怯的家伙！我们中间倘有一个正
在恋爱，或者曾经恋爱过的，或者准备恋爱的人，
他可以接受赫克脱的挑战；要是没有别人，我愿意
亲自出马。

纳　　对他说有一个纳斯脱，在赫克脱的祖父还在吃奶的
时候就是个汉子了，他现在虽然有了年纪，可是在

我们希腊军中，倘然没有一个腔子里燃着一星光荣的火花，愿意为他的恋人而应战的勇士，你就去替我告诉他，我要把我的银须藏在黄金的面甲里，凭着我这一身衰朽的筋骨，也要披上甲胄，和他在战场上相见；我要对他说我的爱人比他的祖母更美，全世界没有比她更贞洁的女子；为了证明这一个事实，我要用我仅余的三两点老血，和他的壮年的盛气决一高下。

伊　天哪！难道年青的人这么少，一定要您老人家上阵吗？

阿　伊尼亚斯将军，让我挽着您的手，先带您到我们大营里看看，亚契尔斯必须知道您这次的来意；各营各寨，每一个希腊将领，也都要一体传闻。在您回去以前，我们还要请您喝杯酒儿，表示我们对于一个高贵的敌人的敬礼。（除尤、纳外同下）

尤　纳斯脱！

纳　你有什么话，尤列赛斯？

尤　我想起了一个幼稚的念头；请您帮我斟酌斟酌。

纳　你想起些什么？

尤　　我说，钝斧斩硬节，亚契尔斯骄傲到这样一个地步，
　　　倘不把他及时挫折一下，让他的骄傲的种子播散开
　　　去，恐怕后患不堪设想。

纳　　那么你看应当怎么办？

尤　　赫克脱的这一次挑战虽然没有指名叫姓，实际完全
　　　是对亚契尔斯而发的。

纳　　他的目的很显然；我们在宣布他的挑战的时候，应
　　　当尽力使亚契尔斯明白，——即使他的头脑像里比亚
　　　沙漠一样荒凉，——赫克脱的意中是以他为目标的。

尤　　您以为我们应当激起他来，叫他去应战吗？

纳　　是的，这是最适当的办法。除了亚契尔斯以外，谁
　　　还能从赫克脱的手里，夺下胜利的光荣来呢？虽然
　　　这不过是一场游戏的斗争，可是从这回试验里，却
　　　可以判断出两方实力的高低；因为特洛埃人这次用
　　　他们最优秀的将材来试探我们的声威，相信我，尤
　　　列赛斯，我们的名誉在这场儿戏的行动中将要遭受
　　　严重的试验，结果如何，虽然只是一时的得失，但
　　　一隅可窥全局，未来的重大演变，未始不可以从此
　　　举的结果观察出来。前去和赫克脱决战的人，在众

人的心目中必须是从我们这里挑选出来的最有本领的人物，为我们全军的灵魂所寄，就好像他是从我们各个人的长处中提炼出来的精华；要是他失败了，那得胜的一方不是将要勇气百倍，格外加强了他们的自信，即使单凭着一双赤手，也会出入白刃之间而不知恐惧吗？

尤　恕我这样说，我以为唯其如此，所以不能让亚契尔斯去接受赫克脱的挑战。我们应当像商人一样，尽先把次货拿出来，试试有没有脱售的可能；要是次货卖不出去，然后再把上等货色拿出来，那么在相形之下，更可以显出它的光彩。不要容许赫克脱和亚契尔斯交战，因为我们全军的荣辱，虽然系此一举，可是无论那一方面得胜，胜利的光荣总不会属于我们的。

纳　我老糊涂了，不能懂得你的意思。

尤　亚契尔斯倘不是这样骄傲，那么他从赫克脱手里取得的光荣，也就是我们共同的光荣；可是他现在已经是这样傲慢不逊，倘使赫克脱也不能取胜他，那他一定会更加目空一世，在他侮蔑的目光之下，我

们都要像置身于非洲的骄阳中一样汗流浃背了；要
是他失败了，那么他是我们的首将，他的耻辱当然
要影响到我们全军的声誉。不，我们还是采取抽签
的办法，预先安排好让愚蠢的哀杰克斯抽中，叫他
去和赫克脱交战；我们在私人之间，再竭力捧他一下，
把他恭维得比亚契尔斯还强，那对于我们这位戴惯
高帽子的大英雄可以成为一服清心的药剂，把他冲
天的傲气挫折几分。要是那个没有头脑的愚蠢的哀
杰克斯奏凯而归，我们不妨替他大吹特吹；要是他
失败了，那么他本来不是什么了不得的人物，也不
算丢了我们的脸。不管胜负如何，我们主要的目的，
是要借着哀杰克斯的手，压下亚契尔斯的气焰。

纳　　尤列赛斯，你的意思果然很好，我可以先去向阿加
曼侬说说；我们现在就去找他吧。制伏两条咬人的
恶犬，最好的办法是请他们彼此相争，骄傲便是挑
拨它们搏斗的一根肉骨。（同下）

第二幕

让你们的眼睛练习练习哭泣吧！

特洛埃要化为一片平地，我们

美好的宫殿要变成一堆瓦砾。

第一场 希腊营地的一部分

【哀杰克斯及瑟息替斯上。

哀　　瑟息替斯!

瑟　　要是阿加曼侬浑身长起毒疮来呢?

哀　　瑟息替斯!

瑟　　要是那些毒疮都出起脓来呢?

哀　　狗!

瑟　　那么咱们这位大帅不是变成一个脓包了吗?

哀　　你这狼狗养的,你不听见吗?我打你。(打瑟)

瑟　　整个希腊的瘟疫降在你身上,你这蠢牛一样的狗杂
　　　种将军!

哀　　你再说,你这发霉的酵母,再说;我要打去你这丑
　　　陋的皮囊。

瑟　　我要骂开你那糊涂的心窍;可是我想等到你能够不
　　　瞧着书本念熟一段祷告的时候,你的马儿也会背诵
　　　一篇演说了。你会打人吗?你这害血瘟症的!

哀　　坏东西,把布告念给我听。

瑟　　你这样打我，你以为我是没有知觉的吗？

哀　　那布告上怎么说？

瑟　　我想它说你是个傻瓜。

哀　　你再说，野猪，你再说；我的手指头痒着呢。

瑟　　我希望你从头上痒到脚上，让我把你浑身的皮都搔破了，叫你做一个全希腊顶讨人厌的癞皮化子。叫你冲锋上阵的时候，你就打不动了。

哀　　我叫你把布告念给我听！

瑟　　你一天到晚叽哩咕噜地骂亚契尔斯，因为他比你神气，所以你一肚子的不舒服，就像一个丑妇瞧不惯别人长得比她好看一样；哼，你简直像狗一样向他叫个不停。

哀　　瑟息替斯老太太！

瑟　　你可以打他呀。

哀　　你这烘坏了的歪面包块儿！

瑟　　他会像一个水手砸碎一块硬面包似的，一拳头就把你打得血肉横飞。

哀　　你这婊子生的贱狗！（打瑟）

瑟　　你打，你打。

哀　　你这替妖精垫屁股的凳子！

瑟　　好，你打，你打；你这糊涂将军！我的臂弯里也比
　　　你有更多的头脑；一头蠢驴都可以做你的老师；你
　　　这下贱的莽驴子！他们叫你到这儿来打几个特洛埃
　　　人，你却给那些聪明人卖来卖去，好像一个蛮族的
　　　奴隶一般。要是你尽打我，我就从你的脚跟骂起，
　　　一寸一寸骂上去，一直骂到你的头顶，你这没有肚
　　　肠的东西，你！

哀　　你这狗！

瑟　　你这下贱的将军！

哀　　你这恶狗！（打瑟）

瑟　　你这战神手下的白痴！你打，不讲礼的东西；你打，
　　　蠢骆驼；你打，你打。

【亚契尔斯及伯特罗克勒斯上。

亚　　啊，怎么，哀杰克斯！你为什么打他？喂，瑟息替
　　　斯！怎么一回事？

瑟　　你瞧他，你看见吗？

亚　　我看见；是怎么一回事？

瑟　　不，你再瞧瞧他。

亚　　好；是怎么一回事？

瑟　　不，你仔细瞧瞧他。

亚　　好，我瞧过了。

瑟　　可是你还没有把他瞧清楚；因为无论你把他当作什么人，他总是哀杰克斯。

亚　　那我也知道，傻瓜。

瑟　　不错，可是那傻瓜却不知道他自己。

哀　　所以我打你。

瑟　　听，听，听，听，这还成什么话！简直是驴子的理由。我可以拿一个铜子去买九只麻雀，可是他的脑子还不值一只麻雀的九分之一。我告诉你，亚契尔斯，这家伙把思想装在肚子里，把大肠小肠一起塞在他的脑袋里，让我告诉你我对他说些什么话。

亚　　你怎么说？

瑟　　我说，这个哀杰克斯，——（哀举手欲打）

亚　　且慢，好哀杰克斯。

瑟　　他所有的一点点儿智慧——

亚　　不，你不要动手。

瑟　　还塞不满海伦的针眼。

亚　　住口，傻瓜！

瑟　　我倒是想安安静静的，可是那傻瓜一定要跟我闹；
　　　瞧他，瞧他，你瞧。

哀　　啊！你这该死的贱狗！我要——

亚　　你何必跟一个傻瓜斗嘴呢？

瑟　　不，他才不敢哩；他还斗不过一个傻瓜的嘴。

伯　　说得好，瑟息替斯。

亚　　为什么闹起来的？

哀　　我叫这坏猫头鹰去替我看看布告上说些什么话，他
　　　就骂起我来了。

瑟　　我又不是替你做事的。

哀　　好，很好。

瑟　　我是自己到这儿来的。

亚　　你是自己到这儿来挨打的吗？

瑟　　哼，你也是条没脑子的蛮牛。赫克脱要是把你们两
　　　个人的脑壳捶了开来，那才是个大笑话，因为这简
　　　直就跟捶碎一个空心的烂胡桃没有分别。

亚　怎么，瑟息替斯，你把我也骂起来了吗？

瑟　尤列赛斯还有那个纳斯脱老头子，他的头脑在你们的祖父还没有长脚爪的时候就已经发了霉了，把你们当作牛马一样驾驭，赶你们到战场上去替他们打仗。

亚　什么？什么？

瑟　是的，老实对你们说吧。哼，亚契尔斯！哼，哀杰克斯！哼！

哀　我要割下你的舌头。

瑟　没有关系，我割下了舌头还比你会说话些。

伯　别多说啦，瑟息替斯；还不住口！

瑟　亚契尔斯的走狗叫我别说话，我就闭上了嘴吗？

亚　他骂到你身上来了，伯特罗克勒斯。

瑟　我要瞧你们像一串猪狗似的吊起来，然后再会踏进你们的营帐里；我要去找一处有聪明人的地方住下，再不跟傻瓜们混在一起了。（下）

伯　他去了倒也干净。

亚　哀杰克斯，传谕全军的是这么一件事：赫克脱要在明天早上五点钟的时候，在我们的营地和特洛埃城墙之间，用喇叭为号，召唤我们这儿的一个武士去

和他决战；要是谁敢宣称——我记不得那一套话，

全是些胡说八道。再见。

哀　　再见。那么派谁去应战呢？

亚　　我不知道；那是要用抽签决定的；否则他们应该知

道叫谁去的。

哀　　啊，你的意思是说你自己。待我再去探听探听消息。

（各下）

第二场 特洛埃；普赖姆宫中一室

【普赖姆，赫克脱，特洛埃勒斯，巴里斯，及亥伦纳斯上。

普 抛掷了这许多时间，生命，和言语以后，希腊军中的纳斯脱又向我们发出了这样的通牒："把海伦交还我们，那么一切其他的损害，例如荣誉上的污辱，时间上的损失，人力物力的消耗，将士的伤亡，以及充填战争欲壑所消费的一切，都可以置之不问。"赫克脱，你的意思怎样？

赫 就我个人而论，虽然我比谁都不怕这些希腊人，可是，尊严的普赖姆，没有一个软心肠的女人会像我这样瞻望着不可知的前途而忧惧。放海伦回去吧；自从为了这一个问题开始掀动干戈以来，我们已经牺牲了无数的军士，他们每一个人的生命都像海伦一样宝贵；要是我们丧亡了这许多的同胞，去保卫一件既不属于我们，对于我们又没有多大价值的东西，那么我们凭着什么理由，拒绝把她交还给人家呢？

特　什么话！哥哥，你把我们伟大尊严的父王的荣誉，去和微贱的生命放在一个天平里称量吗？你要用算盘来计算出他的无限的广大，用恐惧和理智的狭窄的分寸来束缚不可测度的巨人的腰身吗？呸，说这样丢脸的话！

亥　你这样痛斥理智是不足为奇的，因为你是个完全没有理智的人。是不是因为你说了这一套意气用事的话，所以我们的父王就不该用理智来处理他的事务了吗？

特　你还是去做做梦打打瞌睡吧，我的祭司哥哥。我可以把你的一番大道理替你说了出来：你知道敌人是要来加害于你的；你知道一柄出鞘的剑是危险的，按照着理智，一个人应当明哲保身；所以亥伦纳斯一看见拿起了剑的希腊人，就会像一颗出了轨道的流星似的，借着理智的翅膀高飞远走，这还用得着奇怪吗？不，我们要是谈理智，那么还是关起大门睡觉吧。一个堂堂男子，要是让他的脑中塞满了理智，就会变成一个胆小怕事的懦夫，汩没了他的英勇的气概。

赫　　兄弟，她是不值得我们费了这么多代价去保留下
来的。

特　　那一样东西的价值不是按照着人们的估计而决定的？

赫　　可是价值不能凭着私心的爱憎而决定；一方面这东
西的本身必须确有可贵的地方，一方面它必须为估
计者所重视，这样它的价值才能确立。要是把隆重
的祭礼，去向一个卑微的神祇献祭，那就是疯狂的
崇拜；偏执着私人的感情，而不知辨别是非利害，
也就是溺爱不明。

特　　假如我今天娶了一个妻子，我的选择是取决于我的
意志，我的意志是受我的耳目所左右；假如我在选
定以后，我的意志重新不满于我的选择，那么我怎
么可以避免既成的事实呢？一方面逃避责任，一方
面又要不损害自己的荣誉，这样的事是不可能的。
我们把绸缎污毁了以后，就不能再把它向商家退换；
我们也不因为已经吃饱，就把剩余的食物倒在腌臜
的阴沟里。当初大家都赞成巴里斯去向希腊人报复；
你们的一致同意鼓励了他的远行，善于捣乱的海浪
和天风，也协力帮助他一帆风顺地到了他的目的地；

为了希腊人俘掳了我们一个年老的姑母，他夺回了一个希腊的王妃作为交换，她的青春和娇艳，掩盖了朝暾的美丽。我们为什么留住她不放？因为希腊人没有放还我们的姑母，她是值得我们保留的吗？啊，她是一颗明珠，它的高贵的价值，曾经歆动过千百个国王迢迢渡海而来，大家都要做一个觅宝的商人。你们不能不承认巴里斯的前去并不是失策，因为你们大家都喊着"去！去！"你们也不能不承认他带回了光荣的战利品，因为你们大家都拍手欢呼，说她的价值是不可估计的；那么你们现在为什么要诋毁从你们自己的智慧中产生的结果，把你们曾经估计为价值超过海洋和陆地的宝物重新贬斥得一文不值呢？啊！赃物已经偷了来了，我们却不敢把它保留下来，这才是最卑劣的偷窃！这样的盗贼是不配偷窃这样的宝物的。

凯　（在内）痛哭吧，特洛埃人！痛哭吧！

普　什么声音？谁在那儿喊叫？

特　这是我们那位发疯的姊姊，我听得出她的声音。

凯　（在内）痛哭吧，特洛埃人！

赫　　　这是凯珊特拉。

　　　　【凯珊特拉上，狂呼。

凯　　　痛哭吧，特洛埃人！痛哭吧！借给我一万只眼睛，我
　　　　要把它们充满了先知的眼泪。

赫　　　安静些，妹妹，别闹！

凯　　　少年的男女们，中年的，老年的人们，还有只会哭
　　　　泣的荏弱的婴孩们，大家帮着我哭喊呀！让我们先
　　　　付清一部分将来的重大的悲恸。痛哭吧，特洛埃人！
　　　　痛哭吧！让你们的眼睛练习练习哭泣吧！特洛埃要
　　　　化为一片平地，我们美好的宫殿要变成一堆瓦砾；
　　　　我们那闯祸的兄弟巴里斯放了一把火，把我们一起
　　　　烧成灰烬啦！痛哭吧，特洛埃人！痛哭吧！海伦是
　　　　我们的祸根！痛哭吧，痛哭吧！特洛埃要烧起来啦，
　　　　快把海伦放回去吧！（下）

赫　　　特洛埃勒斯兄弟，你听了我们的姊妹这一种激昂的
　　　　预言，难道一点不有动于中吗？难道你的血液竟是这
　　　　样狂热得无可理喻，不知道师出无名，必遭天谴吗？

特　赫克脱大哥，行动的是非曲直，只有从事实的发展上去判断，凯珊特拉的疯话，更不能沮丧我们的勇气；我们已经把我们各人的荣誉寄托在这一次战争里了，她的神经错乱的谵语，决不能抹杀我们行动的光明正大。拿我自己来说，我正像所有普赖姆的儿子一样，什么都不能动摇我的决心；愿上帝唾弃我们中间那些畏首畏尾的懦夫！

巴　要是我们不能贯澈始终，那么世人将要讥笑我的行动的轻率，也要讥笑你们决策的鲁莽；可是我指着天神为证，我因为得到你们完全的同意，方才敢放胆行事，屏除一切的恐惧，去进行这一个危险的计划；要不然单凭着这一双赤手空拳，能够做出什么事情来呢？一个人的匹夫之勇，怎么抵挡得了倾国之众的敌意呢？然而我可以说一句，要是我必须独自担当这些困难，要是我能够运用充分的权力，那么巴里斯决不从他已经做下的事情缩回手来，也决不会中途气馁。

普　巴里斯，你的话说得完全像是一个沉醉于自己的欢乐中的人；你自己吮吸着蜜糖，让人家去尝胆汁的苦味。我不敢恭维你的勇敢。

巴　父王，我本来不敢独占这样一个美人所带来的欢乐，可是为了洗刷她的失身的羞辱，我不能不保持她的光荣的完整。要是现在因为迫于对方的威胁，再把她还给敌人，那对于这位被劫的王妃是一件多么不可容恕的罪恶，对于您的尊严是一个多大的污点，对于我又是一桩多么难堪的耻辱！难道像这样一种卑劣的思想，也会侵入您的高贵的心里吗？在我们这儿即使是一个最凡庸的懦夫，为了保卫海伦的缘故，也会挺身而出，拔剑而起；无论怎样高贵的人，都愿意为海伦献身效命；她既然是这样一个绝世无双的美人，我们难道不应该为她而作战吗？

赫　巴里斯，特洛埃勒斯，你们两人的话都说得很好；可是你们对于我们现在讨论的问题，不过作了一番文饰外表的诡辩，正像亚里斯多德所说的那种不适宜于听讲道德哲学的年青人一样。你们所提出的理由，只能煽动偏激的意气，不能作为抉择是非的标准；因为一个耽于欢乐，或是渴于复仇的人，他的耳朵是比蝮蛇更聋，听不见正确的判断的。物各有主，这是造物的意旨；在一切人类关系之中，还有什么比妻子对于丈夫更亲近的？要是这一条自然的法律为感情所破坏，思想卓越的人，因为被私心所蒙蔽，也对它岸然不顾，那么在每一个组织健全的国家里，都有一条制定的法律，抑制这一类悖逆的乱行。海伦既然是斯巴达的王妃，按照自然的和国家的道德法律，就应该把她还给斯巴达；错误已经铸成，倘再执迷不返地坚持下去，那就是大错而特错了。这是赫克脱的良心上的见解；可是虽然这么说，我的勇敢的兄弟们，我仍旧赞同你们的意思，把海伦留下来，因为这是对于我们全体和各个的荣誉大有关系的。

特　　你这句话才真说中了我们的本意；倘然这不过是一场意气之争，而不是因为重视我们的光荣，那么我也不愿为了保卫她的缘故，再洒一滴特洛埃的血。可是，尊贵的赫克脱，她是一个光荣的题目，可以策励我们建立英勇卓绝的伟业，使我们战胜当前的敌人，树下万世不朽的声名；我相信即使有人给他整个世界的财富，勇敢的赫克脱也不愿放弃这一个千载一时的机会。

赫　　我愿意和你们通力合作，伟大的普赖姆的英勇的后人。我已经向这些行动滞钝党派纷歧的希腊贵人们提出挑战，惊醒惊醒他们昏睡的灵魂。我听说他们的主将只会睡觉不会管事，听任手下的将士们明争暗斗；也许我这一声怒吼，可以叫他觉醒过来。（同下）

第三场　希腊营地；亚契尔斯帐前

【瑟息替斯上。

瑟　　怎么，瑟息替斯！你把头都气昏了吗？哀杰克斯这
　　　蠢象欺人太过；他居然动手打人；可是他会打我我
　　　就会骂他，总算也出过气了。要是颠倒过来，他骂
　　　我的时候我也可以打他，那才痛快呢！他妈的！我
　　　一定要去学会一些降神召鬼的法术，让我瞧见我的
　　　咒诅降在他身上。还有那个亚契尔斯，也真是一尊
　　　好大炮。要是特洛埃一定要等这两个人去打下来，
　　　那么除非等到城墙自己坍倒。啊！你奥林帕斯山上
　　　发射雷霆的乔武大神，还有你，蛇一样狡猾的墨邱
　　　利，你们要是不能把他们所有的不过这么一点点儿
　　　的智慧拿去，那么还算什么万神之王，还算什么足
　　　智多谋？他们的智慧是这样稀少得出奇，为了搭救
　　　一只黏在蛛网上的飞虫，他们也不知道除了拔出他
　　　们的刀剑来把蛛丝斩断以外还有什么别的办法。然

后我希望整个的军队都给我遭到灾殃；或者让他们一起害杨梅疮，因为他们为了一个婊子打仗，这是他们应得的报应。我的祷告已经说过了，让不怀好意的魔鬼去说他们吧。喂！亚契尔斯将军！

【伯特罗克勒斯上。

伯　　是谁？瑟息替斯！好瑟息替斯，进来骂几句人给我们听吧。

瑟　　要是我能够记得一枚镀金的铅币，我一定会想起你；可是那也不用说了，我要骂你的时候，只要提出你自己的名字就够了。但愿人类共同的咒诅，无知和愚蠢一起降在你的身上！上天保佑你终身得不到明师的指示，听不到教诲的启迪！让你的血气引导着你直到死去！等你死了的时候，替你掩埋的那位太太要是说你是一个漂亮的尸首，我就要再三发誓，说她一直都是掩埋着一些害大麻疯的病人。阿们。亚契尔斯呢？

伯　　什么！你也会虔诚起来了吗？你刚才在祷告吗？

瑟　　是的，上天听着我的话！

【亚契尔斯上。

亚　　谁在这儿？

伯　　是瑟息替斯，将军。

亚　　那儿？那儿？你来了吗？啊，我的干酪，我的开胃的
　　　妙药，你为什么不常常到我的桌子上来吃饭呢？来，
　　　告诉我阿加曼侬是什么？

瑟　　你的主帅，亚契尔斯。告诉我，伯特罗克勒斯，亚
　　　契尔斯是什么？

伯　　你的主人，瑟息替斯。再请你告诉我，你自己是什么？

瑟　　我是知道你的人，伯特罗克勒斯。告诉我，伯特罗
　　　克勒斯，你是什么？

伯　　你知道我，就不用问我。

亚　　啊，你说，你说。

瑟　　我可以把整个问题演绎下来。阿加曼侬指挥亚契尔
　　　斯；亚契尔斯是我的主人；我是知道伯特罗克勒斯
　　　的人；伯特罗克勒斯是个傻瓜。

伯　　你这混蛋！

瑟　　闭嘴，傻瓜！我还没有说完呢。

亚　　他是一个特许谩骂的人。说下去吧，瑟息替斯。

瑟　　阿加曼侬是个傻瓜；亚契尔斯是个傻瓜；瑟息替斯
　　　是个傻瓜；伯特罗克勒斯已经说过了是个傻瓜。

亚　　来，把你的理由推论出来。

瑟　　阿加曼侬倘不是个傻瓜，他就不会指挥亚契尔斯；
　　　亚契尔斯倘不是个傻瓜，他就不会受阿加曼侬的指
　　　挥；瑟息替斯倘不是个傻瓜，不会伺候这样一个傻
　　　瓜；伯特罗克勒斯不用说啦，当然是个傻瓜。

伯　　为什么我是个傻瓜？

瑟　　那你该去问那造下你来的上帝。我只要知道你是个
　　　傻瓜就够了。瞧，谁来啦？

亚　　伯特罗克勒斯，我不想跟什么人说话。跟我进来，
　　　瑟息替斯。（下）

瑟　　全是些捣鬼的家伙！为来为去不过是为了一头忘八
　　　和一个婊子，弄得彼此猜嫉，白白流去了多少人的
　　　血。但愿战争和奸淫把他们一起抓了去！（下）

【阿加曼侬，尤列赛斯，纳斯脱，戴奥米第斯，及哀杰克斯上。

阿　　亚契尔斯呢？

伯　　在他的帐里，元帅；可是他的身子不大舒服。

阿　　你去对他说，我在这儿。他辱骂我的使者，现在我又卑躬屈节来拜访他；你这样明白告诉他，叫他不要以为我不敢在他面前提起我的地位，也不要以为我不知道我自己的身分。

伯　　我就照这样对他说。（下）

尤　　我们刚才看见他站在营帐的前面；他没有病。

哀　　他害的是狮子的病，骄傲是他的病根。你们要是欢喜这个人，那么也可以说是一种忧郁症；可是照我说起来，完全是骄傲。他凭着什么理由这样骄傲呢？

　　　元帅，我对你说句话。（拉阿加曼侬立一旁）

纳　　哀杰克斯为什么这样骂他？

尤　　亚契尔斯把他的弄人骗了去了。

纳　　谁，瑟息替斯吗？

尤　　正是他。

纳　　那很好，我们希望看见他们分裂，不希望看见他们勾结；可是为了一个傻子就会叫他们彼此不和，那么他们的友谊也实在太巩固了。

尤　　智慧连络不起来的好感，愚蠢一下子就会把它打破。伯特罗克勒斯来了。

【伯特罗克勒斯重上。

纳　　亚契尔斯没有跟他来。

尤　　巨象的腿是为步行用的，不是为屈膝用的。

伯　　亚契尔斯叫我回复元帅，要是元帅的大驾光临敝寨，除了游玩以外还有其他的目的，那么他真是抱歉万分！他希望您不过是因为要在饭后活活筋骨，助助消化，所以出来散步散步的。

阿　　听着，伯特罗克勒斯，他这种语含讥讽的推托，我们早就听厌了。他这个人不是没有可取的地方，可是因为自恃己长的缘故，他的优点已经开始在我们的眼中失去光彩，正像一枚很好的鲜果，因为放在龌龊的盆子里，没有人要去吃它，只好听任它腐烂。

你去对他说，我们要来找他说话；你尽管大胆告诉他，说我们认为他太骄傲，太自负了，要是他把自己估价得这么高，那么我们也用不着他这么一个人，只好让他像一架无法拖曳的重炮一样，搁在武库里生锈；对他说，我们宁愿重用一个活跃的侏儒，不要一个贪睡的巨人。

伯　是，我就去这样对他说，把他的回音立刻带出来。（下）

阿　我们是来找他说话的，一定要听到他亲口的答复。

　　尤列赛斯，你进去。（尤下）

哀　他有什么胜过别人的地方？

阿　他不过自己以为比别人了得罢了。

哀　他竟是这样了得吗？您想他是不是以为他比我还强？

阿　那是没有问题的。

哀　您也跟他同样见解，认为他比我强吗？

阿　不，尊贵的哀杰克斯，你跟他一样强，一样勇敢，一样聪明，一样高贵，可是你比他脾气好得多，也比他更听号令。

哀　一个人为什么要骄傲？骄傲的心理是怎么起来的？我就不知道什么是骄傲。

阿　　哀杰克斯，你的头脑比他明白，你的人格也比他清
　　　高。一个骄傲的人，结果总是在骄傲里毁灭了自己。

哀　　我讨厌一个骄傲的人，就像讨厌一窠癞虾蟆一样。

纳　　（旁白）可是他却不讨厌他自己；这不是很奇怪吗？

　　　【尤列赛斯上。

尤　　亚契尔斯明天不愿上阵。

阿　　他有什么理由？

尤　　他也不讲什么理由，只逞着自己的性子，一味执拗，
　　　把什么人都不放在眼里。

阿　　我们再三请他为什么他总不出来？

尤　　他的骄傲已经病入膏肓，无可救药了。

阿　　让哀杰克斯去叫他出来。将军，你到他帐里去看看
　　　他；听说他对你的感情不错，也许你去请他，他会
　　　却不过你的情面。

尤　　啊，阿加曼侬！不要这样。我们应当让哀杰克斯离
　　　开亚契尔斯越远越好。这个骄悍的将军用傲慢塞住
　　　了自己的心窍，眼睛里只有自己没有别人，难道我

们反要叫一个更被我们敬重的人去向他礼拜吗？

不，我们不能让这位比他尊贵三倍的勇武超群的将军污损了他的血战得来的光荣；他的才能并不在亚契尔斯之下，为什么要叫他贬低他的身分去向亚契尔斯央请呢？那不过格外助长他的骄傲的气焰罢了。叫这位将军去看他！不，天神不容许这样的事，他要用雷鸣怒吼着说，"叫亚契尔斯出来见他吧！"

纳　　（旁白）啊！这样很好，他说到他的心窝里去了。

戴　　（旁白）瞧他一声不响的听得多么出神！

哀　　要是我去看他，我要一拳打歪他的脸孔。

阿　　啊，不！你不要去。

哀　　要是他对我神气活现，我可老实不客气要教训他一下。让我去看他。

尤　　不，你无论如何不能去。

哀　　下贱的，放肆的家伙！

纳　　（旁白）他把自己形容得一点不错！

哀　　他不能客气一点吗？

尤　　（旁白）乌鸦也会骂别人太黑！

哀　　要是大家的思想都跟我一样，——

尤　　（旁白）那么世上没有聪明人了。

哀　　——一定不让他放肆到这个地步；他要是装腔作势，
　　　就叫他吞下他的刀子。尽管他是个铁铮铮的硬汉，
　　　我也要把他揉做面团。

纳　　（旁白）他的热度还不是顶高；再恭维他几句，把
　　　他的野心煽起来。

尤　　（向阿）元帅，你太容忍他了。

戴　　你必须准备不靠亚契尔斯的力量去和特洛埃人作战。

尤　　就是因为人家把他的名字挂在嘴边，所以养成了他
　　　的骄傲。我倒想起了一个人，——可是他就在我们
　　　眼前，我还是不说了吧。

纳　　你为什么不说呢？他又不像亚契尔斯一样争强好胜。

尤　　整个世界都知道他是跟亚契尔斯一样勇敢的。

哀　　婊子养的畜生！在我们面前摆他的臭架子！但愿他
　　　是个特洛埃人！

纳　　要是哀杰克斯现在也像他一样骄傲，——

尤　　像他一样要人家拍他的马屁，——

戴　　像他一样坏脾气，——

尤　　像他一样目中无人，妄自尊大，——

戴　　那才是天大的不幸！

尤　　感谢上天，将军，你的天性是这样仁厚；那生下你的
令尊，乳哺你的令堂，真是应该赞美；教你念书的
那位先生，愿他名垂万世；你那非博学所能几及的
天赋聪明，更可与日月争光；至于传授你武艺的那
位师父，那么他是应该和战神马斯配享，庙食千秋
的；讲到你的神勇，那么力举全牛的迈罗，也不得
不向强壮的哀杰克斯甘拜下风。我用不到称赞你的
智慧，那是像一道围墙，一堵堤岸，包围着你的广
大丰富的才能。咱们这位纳斯脱老将军眼睛里见过
的多，自然智慧超人一等；可是对不起，纳斯脱老爹，
要是您也像哀杰克斯一样年青，您的教育也不过像
他一样，那么您的智慧也决不会超过他的。

哀　　我拜您做干爹吧。

尤　　好，我的好儿子。

戴　　你要听他的话啊，哀杰克斯将军。

尤　　咱们不要在这儿多耽搁了；亚契尔斯这野兔子在丛
林里躲着呢。请元帅立刻传令全军，召集所有的人
马；新的君王们到特洛埃来了，明天我们一定要用

全力保持我们的声威。这儿有一位大将，让从东方到西方来的武士们各自争取他们的光荣吧，最大的胜利将是属于哀杰克斯的。

阿　我们就去召开会议。让亚契尔斯睡吧；正是轻舟虽捷，怎及巨舶容深。（同下）

第三幕

我在她的门口踯躅，像一个站在冥河边岸的游魂，等待着渡船的接引。

第一场 特洛埃；普赖姆宫中

【潘达勒斯及一仆人上。

潘　　喂，朋友！对不起，请问一声，你是跟随巴里斯王子的吗？

仆　　是的，老爷，他走在我前面的时候，我就跟在他后面。

潘　　我的意思是说，你是靠他吃饭的吗？

仆　　老爷，我是靠天吃饭的。

潘　　你倚靠着一位贵人，我必须赞美他。

仆　　愿赞美归于上帝！

潘　　你认识我吗？

仆　　说老实话，老爷，我不过在表面上认识你。

潘　　朋友，我们应当大家熟悉一点。我是潘达勒斯老爷。

仆　　我希望以后跟您老爷熟悉一点。

潘　　那很好。

仆　　您是个殿下吗？

潘　　殿下！不，朋友，你只可以叫我老爷或是大人。（内乐声）这是什么音乐？

仆　　我不大知道，老爷，那是数部合奏的音乐。

潘　　你认识那些奏乐的人吗？

仆　　我全都认识，老爷。

潘　　他们奏乐给谁听的？

仆　　他们奏给听乐的人听，老爷。

潘　　什么人叫他们奏的？

仆　　呃，老爷，是我的主人巴里斯叫他们奏的，他就在
　　　里面；那位人间的维纳丝，美的心血，爱的微妙的
　　　灵魂，也陪着他在一起。

潘　　谁，我的侄女克蕾雪达吗？

仆　　不，老爷，是海伦；您听了我描写她的话还不知道吗？

潘　　朋友，看来你还没有见过克蕾雪达小姐。我是奉特
　　　洛埃勒斯王子之命来见巴里斯的，我的事情很要紧，
　　　来不及等你通报了。

【巴里斯及海伦率侍从上。

潘　　您好，我的好殿下，这些好朋友们都好！愿美好的
　　　欲望好好儿地领导他们！您好，我的好娘娘！愿美

好的思想做您的美好的枕头！

海　　好大人，您满嘴都是好话。

潘　　谢谢您的谬奖，好娘娘。好殿下，刚才的音乐很好，

　　　怎么忽然停了？

巴　　是你把它打断的，贤卿；现在我们就罚你唱歌一曲，

　　　把它续起来。耐儿，他会唱很好的歌呢。

潘　　真的，娘娘，没有这回事。

海　　啊，大人！

潘　　粗俗得很，真的，粗俗不堪。好娘娘，我有事情要来

　　　对殿下说。殿下，您允许我跟您说句话吗？

海　　不，您不能这样躲赖过去。我们一定要听您唱歌。

潘　　哎，好娘娘，您在跟我开顽笑啦。可是，殿下，您

　　　的令弟特洛埃勒斯殿下，——

海　　潘达勒斯大人，甜甜蜜蜜的大人，——

潘　　算了，好娘娘，算了。——叫我向您致意问候。

海　　您不能赖去我们的歌；要是您不唱，我可要生气了。

潘　　好娘娘，好娘娘！真是位好娘娘。

海　　叫一位好娘娘生气是一件大大的罪过。

潘　　不，不，不，那儿的话，那儿的话，哈哈！殿下，他

要我对您说，晚餐的时候王上要是问起他，请您替

他推托一下。

海　　潘达勒斯大人？——

潘　　我的好娘娘，我的顶好的好娘娘怎么说？

巴　　他有些什么要公？今晚他在什么地方吃饭？

海　　可是，大人，——

潘　　我的好娘娘怎么说？——您应该知道他在什么地方

吃饭。

巴　　我可以拿我的生命打赌，他一定看克蕾雪达去啦。

潘　　不，不，那有这样的事；您真是说笑话了。您的婢

子在害病呢。

巴　　好，我就替他捏造一个托辞。

潘　　是，我的好殿下。您为什么要说克蕾雪达呢？不，您

的婢子在害病呢。

巴　　我早就看出来了。

潘　　您看出来了！您看出什么来啦？来，给我一件乐器。

好娘娘，让我唱一支歌给您听。

海　　好，好，请你快唱吧。好大人，你的额角长得很好

看哩。

潘　　啊，谬奖谬奖。

海　　你要给我唱一支爱情的歌；这个爱情要把我们一起

　　　葬送了。啊，邱必特，邱必特，邱必特！

潘　　爱情！啊，很好，很好。

巴　　对了，爱情，爱情，只有爱情是一切！

潘　　这支歌正是这样开始的：（唱）

　　　爱情，爱情，只有爱情是一切！

　　　爱情的宝弓，射雌也射雄；

　　　爱情的箭锋，射中了心胸，

　　　不会伤人，只叫人心头火热。

　　　那受伤的恋人痛哭哀号，

　　　啊！啊！啊！这一回性命虽逃！

　　　等会儿他就要放声大笑，

　　　哈！哈！哈！爱情的味道真好！

　　　暂时的痛苦呻吟，啊！啊！啊！

　　　变成了一片笑声，哈！哈！哈！

　　　咳呵！

海　　嗳哟，他的鼻尖儿都在恋爱哩。

巴　　爱人，他除了鸽子以外什么东西都不吃；一个人多吃了鸽子，他的血液里会添加热力，血液里添加热力便会激动情欲，情欲激动了便会胡思乱想，胡思乱想的结果就是玩女人闹恋爱。

潘　这就是恋爱的产生经过吗？好殿下，今天是什么人上阵？

巴　赫克脱，台福勒斯，亥伦纳斯，恩替诺，以及所有特洛埃的英雄们都去了；我本来也想去的，可是我的耐儿不放我走。我的兄弟特洛埃勒斯为什么不去？

海　他撅起了嘴唇，好像有些什么心事似的。潘达勒斯大人，您一定什么都知道的。

潘　那儿的话，甜甜蜜蜜的娘娘。我很想听听他们今天打得怎样。您会记得替令弟设辞推托吗？

巴　我记得就是了。

潘　再会，好娘娘。

海　给我望望您的侄女。

潘　是，好娘娘。（下；内吹归营号）

巴　他们从战场上回来了，我们到普赖姆的大厅上去迎接这一群战士吧。亲爱的海伦，我必须请求你帮助我们的赫克脱卸下他的甲胄，他的坚强的带扣，利

剑的锋刃和希腊人的武力都不能把它打开，却不能

抵抗你的纤指的魔力；你的力量胜过这岛国上所有

的国王。替伟大的赫克脱卸除他的甲胄吧。

海　巴里斯，我能够做他的仆人是莫大的荣幸；为他服

役的光荣，比我们天生的美貌更值得夸耀。

巴　亲爱的，我爱你爱到不可思议。（同下）

第二场 同前；潘达勒斯的花园

【潘达勒斯及特洛埃勒斯的侍童自相对方向上。

潘　　啊！你的主人呢？在我的侄女克蕾雪达家里吗？

僮　　不，老爷；他等着您带他去呢。

【特洛埃勒斯上。

潘　　啊！他来了。怎么，怎么！

特　　孩儿，走开去。（童下）

潘　　您见过我的侄女吗？

特　　不，潘达勒斯；我在她的门口踯躅，像一个站在冥
河边岸的游魂，等待着渡船的接引。啊！请你做我
的船夫卡隆，赶快把我载到得救者往生的乐土里去，
让我徜徉在百合花的中央！好潘达勒斯啊！请你从
邱必特的肩背上拔下他的彩翼来，陪着我飞到克蕾
雪达身边去吧！

潘　　您在这园子里随便玩玩。我立刻就去带她来。（下）

特　我觉得眼前迷迷糊糊的，期望使我的头脑打着回旋。想象中的美味是这样甘芳，它迷醉了我的神经。要是我的生津的齿颊果然尝到了经过三次提炼的爱情的旨酒，那就该怎样呢？我怕我会死去，昏昏沉沉地倒下去不再醒来；我怕那种太微妙渊深的快乐，调和在太芳洌的甘美里，不是我的粗俗的感官所能禁受；我怕，我更怕在无边的幸福之中，我会失去一切的知觉，正像大军冲锋，敌人披靡的时候，每个人忘记了自己一样。

【潘达勒斯重上。

潘　她正在打扮；她就要来了；您说话可要机灵点儿。她怕难为情得了不得，慌张得气都喘不过来，好像给一个鬼附上了身似的。我就去带她来。她真是个顶可爱的坏东西；就像一头刚给人捉住的麻雀似的慌张得喘不过气来。（下）

特　我自己的心里也感到了这样一种情绪；我的心跳得比一个害热病的人的脉搏还快；我的一切感官都失

去了他们的作用，正像奴仆在无意中瞥见了主人的
威严的眼光一样。

【潘达勒斯偕克蕾雪达重上。

潘　　来，来，有什么害羞呢？小孩子才怕难为情。她来
　　　了，把您向我发过的誓当着她的面再发一遍吧。怎
　　　么！你又要回去了吗？你在没有给人家驯服以前，
　　　一定要有人看守着你吗？来吧，来吧，要是你再退
　　　回去，我们可要把你像一匹马似的套在辕木里了。
　　　您为什么不对她说话呢？

特　　姑娘，您使我一句话也说不出来。

潘　　相思债是不能用说话去还清的，你还是给她一些行
　　　动吧，不要又是一动也不会动的。怎么！又在亲嘴
　　　了吗？好，"良缘永缔，互结同心"，——进来吧，
　　　进来吧；我先去拿个火来。（下）

克　　请进去吧，殿下。

特　　啊！克蕾雪达！我好容易盼望到这一天！

克　　盼望，殿下！但愿，——啊，殿下！

特　　但愿什么？为什么，您又不说下去了？我的亲爱的
　　　　姑娘在我们爱的灵泉里发现什么渣滓了？

克　　要是我的恐惧是生眼睛的，那么我看见的渣滓比泉
　　　　水还多。

特　　恐惧可以使天使变成魔鬼，它所看到的永远不是真实。

克　　盲目的恐惧有明眼的理智领导，比之凭着盲目的理
　　　　智，毫无恐惧地横冲直撞，更容易找到一个安全的
　　　　立足点；倘能时时忧虑着最大的不幸，那么在较小
　　　　的不幸来临的时候往往可以安之若素。

特　　啊！让我的爱人不要怀着丝毫恐惧；在爱神导演的
　　　　戏剧里是没有恶魔的。

克　　也没有可怕的巨人吗？

特　　没有，只有我们自己才是可怕的巨人，因为我们会
　　　　发誓流泪成海，入火吞山，驯伏猛虎，凡是我们的
　　　　爱人所想得到的事，我们都可以做到。姑娘，这就
　　　　是恋爱的可怕的地方，意志是无限的，实行起来就
　　　　有许多不可能；欲望是无穷的，行为却必须受制于
　　　　种种的束缚。

克　　人家说恋人们发誓要做的事情，总是超过他们的能

力，可是他们却保留着一种永不实行的能力；他们发誓做十件以上的事，实际做到的还不满一件事的十分之一。这种声音像狮子，行动像兔子一样的家伙，可不是怪物吗？

特　果然有这样的怪物吗？我可不是这样。请您在把我试验过以后，再来估计我的价值吧；当我没有用行为证明我的爱情以前，我是不愿戴上胜利的荣冠的。特洛埃勒斯将会向克蕾雪达证明，一切出于恶意猜嫉的诽谤，都可以反映出他的忠心；真理所能宣说的最真实的言语，也不会比特洛埃勒斯的爱情更真实。

克　请进去吧，殿下。

【潘达勒斯重上。

潘　怎么！还有点不好意思吗？你们的话还没有说完吗？

克　好，叔叔，要是我干下了什么错事，那都是您的不好。

潘　那么要是你给殿下生下了一位小殿下，你就把他抱来给我好了。你对殿下要忠心；他要是变了心，你尽管骂我。

特　令叔的话，和我的不变的忠诚都可以给您做保证。

潘　我也可以替她向您保证：我们家里的人都是不轻易许诺的，可是一旦许身于人，便永远不会变心，就像芒刺一样，碰上了身，再也掉不下来。

克　我现在已经提起了我的勇气；特洛埃勒斯王子，我已经朝思暮想，苦苦地爱着您几个月了。

特　那么我的克蕾雪达为什么这样不容易征服呢？

克　似乎不容易征服，可是，殿下，当您第一眼看着我的时候，我早就给您征服了，——恕我不再说下去，要是我招认得太多，您会轻看我的。我现在爱着您；可是直到现在为止，我还能够控制我自己的感情；不，说老实话，我说了诳了；我的思想就像一群顽劣的孩子，倔强得不受他们母亲的管束。瞧，我们真是些傻瓜！为什么我要说这些唠唠叨叨的话呢？要是我们不能替自己保守秘密，谁还会对我们忠实呢？可是我虽然这样爱您，我却没有向您求爱；然而说老实话，我却希望我自己是个男子，或者我们女子也像男子一样有先启口的权利。亲爱的，快叫我止住我的舌头吧；因为我这样得意忘形，一定会说出将会使我后悔的话来。瞧，瞧！您这么狡猾地一声不响，已经使我从我的脆弱当中流露出我的内心来了。封住我的嘴吧。

特　　好，虽然甜蜜的音乐从您嘴里发出，我愿意用一吻封住它。

潘　　妙得很，妙得很。

克　　殿下，请您原谅我；我并不是有意要求您吻我；真是怪羞人的！天哪！我做了什么事啦？现在我真的要告辞了，殿下。

特　　告辞了，亲爱的克蕾雪达？

潘　　告辞！你就是告辞到明天早晨，还是跟他在一起的。

克　　请你不要多说。

特　　姑娘，什么事情使您生气了？

克　　我讨厌我自己。

特　　您可不能逃避您自己。

克　　让我去试一试。我有另外一个自己跟您在一起，可是它是无情的，宁愿离开它自己，去受别人的愚弄。我真的要去了；我的智慧掉在什么地方了？我自己也不知道自己在说些什么话。

特
克

说着这样聪明话的人，是不会不知道自己所说的话的。

殿下，也许您会以为我所吐露的不是真情，我不过在玩弄着手段，故意用这种不害羞的招认，来试探您的意思，可是您是个聪明人，否则您也许不在恋爱，因为智慧和爱情只有在天神的心里才会同时存在，人们是不能兼而有之的。

特 啊！要是我能够相信一个女人会永远点亮她的爱情的不灭的明灯，保持她的不变的忠心和不老的青春，她那永远美好的灵魂，不会随着美丽的外表同归衰谢；只要我能够相信我对您的一片至诚和忠心，会交换到您的同样纯洁的爱情，那时我的灵魂将要怎样飘举起来！可是唉！我的忠心是这样单纯，比赤子之心还要简单而纯朴。

克 在那一点上我要跟您互相竞争。

特 啊，当两种真理为了互争高下而相战的时候，那是一场多么道义的战争！从今以后，世上真心的情郎们都要以特洛埃勒斯为榜样；当他们充满了声诉，盟誓，和夸大的比拟的诗句中缺少新的譬喻的时候，当他们厌倦于那些陈陈相因的套语，例如像钢铁一

样坚贞，像草木对于月亮，太阳对于白昼，斑鸠对
于她的配偶一样忠心，——当他们用尽了这一切关
于忠诚的譬喻，而希望援引一个更有力的例证的时
候，他们便可以加上一句去说，"像特洛埃勒斯一
样忠心"。

克　愿您的话成为预言！要是我变了心，或者有一丝不
忠不贞的地方，那么当时间变成古老而忘记了它自
己的时候，当特洛埃的岩石被水珠滴烂，无数的城
市被盲目的遗忘所吞噬，无数强大的国家了无痕迹
地化为一堆泥土的时候，让我的不贞继续存留在人
们的记忆里，永远受人唾骂！当他们说过了"像空
气，像水，像风，像沙土一样轻浮，像狐狸对于羔羊，
豺狼对于小牛，豹子对于母鹿，继母对于前妻的儿
子一样虚伪"以后，让他们举出一个最轻浮最虚伪
的榜样来，说，"像克蕾雪达一样负心"。

潘　好，交易已经作成，两方面盖个印吧；来，来，我替
你们做证人。这儿我握着您的手，这儿我侄女的手。
我这样辛辛苦苦把你们两人拉在一起，要是你们中
间无论那一个变了心，那么从此以后，让世上所有

可怜的媒人们都叫着我的名字，直到永远！让一切
忠心的男人都叫做特洛埃勒斯，一切负心的女子都
叫做克蕾雪达，一切做媒人的都叫做潘达勒斯！大
家说阿们。

特　　阿们。

克　　阿们。

潘　　阿们。现在我要带你们到一间房间里去，那里面还
有一张眠床；那张床是不会泄漏你们的秘密的，你
们尽管去成其美事吧。去！（同下）

第三场　希腊营地

【阿加曼侬，尤列赛斯，戴奥米第斯，纳斯脱，哀杰
克斯，米尼劳斯，及卡尔却斯上。

卡　　　各位王子，为了我给你们所做的事情，现在我可以
向你们要求报偿了。请你们想一想，我因为审察未
来的大势，决心舍弃了特洛埃，丢下了我的家产，
顶上一个叛逆的名字；牺牲了现成的安稳的地位，
来追求不可知的命运；抛开了我所熟悉惯习的一切，
到这举目生疏的地方来替你们尽力；你们曾经允许
给我许多好处，现在我只要求你们让我略沾小惠，
想来你们总不会拒绝我吧。

阿　　　特洛埃人，你要向我们要求什么？说吧。

卡　　　你们昨天捉来了一个特洛埃的俘虏，名叫恩替诺；特
洛埃对于他是很重视的。你们常常要求他们拿我的
女儿克蕾雪达来交换被俘的特洛埃重要将士，可是
特洛埃总是加以拒绝；据我所知道这个恩替诺在特
洛埃军中是一个很重要的人物，一切事务倘没有他

去处理，都要陷于停顿，他们甚至于愿意拿一个普赖姆亲生的王子来和他交换；各位殿下，把他送回去，交换我的女儿来吧，只要让我瞧见她一面，就可以抵销我替你们所尽的一切劳力。

阿　　让戴奥米第斯把他送去，带克蕾雪达回来吧；卡尔却斯的要求可以让他得到满足。戴奥米第斯，你去准备好这一次交换所需的一切，同时带个信去，问一声赫克脱明天是不是预备决战，哀杰克斯已经预备好了。

戴　　我愿意担任这一个使命，并且认为这是莫大的光荣。

（戴、卡同下）

【亚契尔斯及伯特罗克勒斯自帐内走出。

尤　　亚契尔斯站在他的帐前，请元帅在他面前走了过去，理也不要理他，就好像忘记了他是个什么人似的；各位王子也都向他装出一副冷淡的态度。让我在最后走过，他一定会问我，为什么人家都向他投掷这样轻蔑的眼光；那时我就借你们的冷淡做题目，对

他的骄傲发出一些意含针砭的讥讽，使他不能不饮
下我给他的这一服清心药剂。这服药也许会发生效
力。要一个骄傲的人看清他自己的嘴脸，只有用别
人的骄傲给他做镜子；倘然向他卑躬屈膝，不过添
长了他的气焰，徒然自取其辱。

阿 我就依照你的计策而行，当我走过他的身旁的时候，
故意装出一副冷淡的神气；每一位将军也都是这样，
或者不去理睬他，或者用轻蔑的态度向他打个招呼，
那是会比完全不理他更使他难堪的。大家跟着我来。

亚 怎么！元帅又要来找我说话了吗？您知道我的意
思，我是不愿再跟特洛埃人打仗了。

阿 亚契尔斯说些什么？他有什么事要跟我说？

纳 将军，您有什么事要对元帅说吗？

亚 没有。

纳 元帅，他说没有。

阿 那再好没有。（阿、纳同下）

亚 早安，早安。

米 您好？您好？（下）

亚 怎么！那忘八也瞧我不起吗？

哀　啊，伯特罗克勒斯！

亚　早安，哀杰克斯。

哀　嘿？

亚　早安。

哀　是，是，早安，早安。（下）

亚　这些家伙都是什么意思？他们不认识亚契尔斯了吗？

伯　他们大模大样地走了过去。从前他们一看见亚契尔斯，总是鞠躬如也，笑脸相迎，那一副恭而敬之的神气，就像礼拜神明一样。

亚　怎么！难道我的威风已经衰落了吗？大丈夫在失欢于命运以后，不用说会被众人所厌弃，他可以从别人的眼睛里，看到他自己的没落；因为人们都是像蝴蝶一样，只会向炙手可热的夏天翩翩起舞；在他们的俗眼之中，只有富贵尊荣，这一些不一定用才能去博得的身外浮华，才是值得敬重的；当这些不足恃的浮华化为乌有的时候，人们的敬意也就会烟消云散。可是我还没有到这样的地步，命运依然是我的朋友，我依然充分享受着我所有的一切，只有这些人却对我改变了态度，我想他们一定对我有什么不满意的地方。尤列赛斯也来了，他在读些什么；待我前去打断他的诵读。啊，尤列赛斯！

尤　啊，亚契尔斯！

亚　你在读些什么？

尤　有一个不认识的人写给我这样几句话："一个人的天赋无论如何优异，他的外表的或内在的姿质无论如何丰美，也必须在他的德性的光辉照耀到他人身上，发生了热力，再由感受他的热力的人把那热力反射到自己身上的时候，才会体味到他本身的价值的存在。"

亚　还没有什么奇怪，尤列赛斯！一个人不会知道他自己的美貌，他的美貌只能反映在别人的眼里；眼睛，那最灵敏的感官，也看不见它自己，只有当自己的眼睛和别人的眼睛相遇的时候，才可以交换彼此的形像，因为视力不能反及自身，除非把自己的影子映在可以被自己看见的地方。这是一点也不奇怪的事。

尤　我并不重视这一种很普通的道理，可是我不懂写这几句话的人的用意；他用迂回婉曲的说法，证明一个人无论禀有着什么奇才异能，倘然不把那种才能传达到别人的身上，他就等于一无所有；也只有在把才能发展出去以后所博得的赞美声中，才可以认识他本身的价值，正像一座穹窿把声音弹射回来，又像一扇迎着阳光的铁门，反映出太阳所投射的形状，同时吐发出它所吸收的热力一样。他这番话很引起了我的思索，使我立刻想起了漠漠无闻的哀杰克斯。天哪，这是一个多好的汉子！真是一匹轶群的骏马，他的奇才还没有为他自己所发现。天下真有这样被人贱视的珍宝！也有毫无价值的东西，反会受尽世人的赞赏！明天我们可以看见哀杰克斯在无意中得到一个大展身手的机会，从此以后，他的威名将要遍传人口了。天啊！有些人会乘着别人懈怠的时候，干出怎样一番事业！有的人悄悄地钻进了反复无常的命运女神的厅堂，有的人却在她的眼中扮演着痴人！有的人利用着别人的骄傲而飞黄腾达，有的人却因为骄傲而使他的地位一落千丈！瞧这些希腊的将军们！他们已经在那儿拍着粗笨的哀杰克斯的肩膀，好像他的脚已经踏在勇敢的赫克脱的胸口，强大的特洛埃已经濒于末日了。

亚　我相信你的话，因为他们走过我的身旁，就像守财
奴看见叫化子一样，没有一句好说话，也没有一张好
脸孔。怎么！难道我的功劳都已经被人忘记了吗？

尤　将军，时间老人的背上负着一个庞大的布袋，那里
面装满着被寡恩负义的世人所遗忘的丰功伟业；那
些已成过去的美绩，一转眼间就会在人们的记忆里
消失。只有继续不断的精进，才可以使荣名永垂不
替；如果一旦罢手，就会像一套久遭搁置的生锈的
铠甲，谁也不记得它的往日的勋劳，徒然让它的不
合时宜的式样，留作世人揶揄的资料。不要放弃眼
前的捷径，光荣的路是狭窄的，一个人只能前进，
不能后退；所以你应该继续在这一条狭路上迈步进
行，因为无数竞争的人都在你的背后，一个紧追着
一个；要是你略事退让，或者闪在路旁，他们就会
像汹涌的怒潮一样直冲过来，把你遗弃在最后；又
像一匹落伍的骏马，倒在地上，下驷的驽骖都可以
追上它的前面，从它的身上践踏过去。那时候人家
现在所做的事，虽然比不上你从前所做的事，但是
你的声名却要被他们所掩盖，因为时间正像一个趋

炎附势的主人，对于一个临去的客人不过和他略微握了握手，对于一个新来的客人，却伸开了两臂，飞也似的过去抱住他；欢迎是永远含笑的，告别总是带着叹息。啊！不要让德行追索它旧日的酬报，因为美貌，智慧，门第，膂力，功业，爱情，友谊，慈善，这些都要受到无情的时间的侵蚀。世人有一个共同的天性，他们一致赞美新制的玩物，虽然它们原是从旧有的材料改造而成的，他们宁愿拂拭发着亮光的金器，却不去顾问那被灰尘掩蔽了光彩的金器。人们的眼睛只能看见现在，他们所赞赏的也只有眼前的人物；所以不用奇怪，你伟大的完人，一切希腊人都在开始崇拜哀杰克斯，因为活动的东西是比停滞不动的东西更容易引人注目的。众人的属望曾经集于你的身上，要是你不把你自己活活埋葬，把你的威名收藏在你的营帐里，那么你也未始不可恢复旧日的光荣；不久以前，你那在战场上的赫赫声威，是曾经使天神为之侧目的。

亚　　我这样深居简出，却是有极大的理由。

尤　　可是有更强大更有力的理由反对你的深居简出。亚契尔斯，人家都知道你恋爱着普赖姆的一个女儿。

亚　嘿！人家都知道！

尤　你以为那很奇怪吗？什么事情都逃不过旁观者的冷眼；渊深莫测的海底也可以量度得到，潜藏在心头的思想也会被人猜中。你和特洛埃人之间的关系，我们是完全明白的；可是亚契尔斯倘然是个真正的英雄，他就应该去把赫克脱打败，不应该把坡力克苏娜丢弃不顾。要是现在小小的辟勒斯在家里听见了光荣的号角在我们诸岛上吹响，所有的希腊少女们都在跳跃欢唱，"伟大的赫克脱的妹妹征服了亚契尔斯，可是我们的伟大的哀杰克斯勇敢地把他打倒"，那时候他的心里该是多么难受。再见，将军，我对你这样说完全是出于好意；留心你脚底下的冰块，不要让一个傻子打这上面滑了过去，你自己却把它踹碎了。

伯　亚契尔斯，我也曾经用这种意思劝告过您。一个男人在需要行动的时候优柔寡断，没有一点丈夫的气概，是比一个卤莽粗野的男性化的女子更为可憎的。人家常常责怪我，以为我对于战争的厌恶，以及您对于我的亲密的友谊，是使您懈怠到现在这种样子的根本原因。好人，振作起来吧；只要您振臂一呼，那柔弱轻佻的邱必特就会从您的颈上放松他的淫荡的拥抱，像雄狮鬣上的一滴露珠似的，摇散在空气之中。

亚　哀杰克斯要去和赫克脱交战吗？

伯　是的，也许他会在他身上得到极大的荣誉。

亚　我的声誉已经遭到极大的危险，我的威名已经受到严重的损害。

伯　啊！那么您要留心，自己加于自己的伤害是最不容易治疗的；忽略了应该做的事，往往会引起危险的后果，这种危险就像寒热病一样，会在我们向阳闲坐的时候侵袭到我们的身上。

亚　好伯特罗克勒斯，去把瑟息替斯叫来；我要差这傻瓜去见哀杰克斯，请他在决战完毕以后，邀请特洛埃的武士们到我们这儿来，大家便服相见。我简直像一个女人似的害着相思，渴想着会一会卸除武装的赫克脱，跟他握手谈心，把他的面貌瞧一个清楚。——他来得正好！

【瑟息替斯上。

瑟　　怪事，怪事！

亚　　什么怪事？

瑟　　哀杰克斯在战场上走来走去，到处寻访他自己。

亚　　是怎么一回事？

瑟　　他明天必须单人匹马去和赫克脱交战；他因为预想
　　　到这一场英勇的厮杀，骄傲得了不得，所以满口乱
　　　嚷乱叫，却没有说出一句话来。

亚　　怎么会有这样的事？

瑟　　他跨着大步，像一头孔雀似的走来走去，踱了一步
　　　又立定了一会儿；他那满腹心事的样子，就像一个
　　　靠着脑筋打算盘的女店主在那儿计算她的账目；他
　　　咬着嘴唇，装出一副深谋远虑的神气，好像说，“我
　　　这儿有一脑袋的神机妙算，你们等着瞧吧”；他说
　　　得不错，可是他那脑袋里的智慧，就像打火石里的
　　　火花一样，不去打它是不肯出来的。这家伙一辈子
　　　完了；因为赫克脱倘不在交战的时候扭断他的头颈，
　　　凭着他那股摇头摆脑的得意劲儿，也会把自己的头
　　　颈摇断的。他认也不认识我；我说，“早安，哀杰

克斯"；他却回答我，"谢谢，阿加曼侬。"你们
看他还算个什么人，会把我当作了元帅！他简直变
成了一条失水的鱼儿，一个不会说话的怪物啦。

亚 瑟息替斯，你必须做我的使者，替我带一个信给他。

瑟 谁，我吗？嘿，他见了谁都不睬；他不愿意回答人家；
只有叫化子才老是开口；他的舌头是长在臂膀上的。
我可以扮做他的样子，让伯特罗克勒斯向我提出问
题，你们就可以瞧瞧哀杰克斯是怎么样的。

亚 伯特罗克勒斯，对他说：我恭恭敬敬地请求英武的
哀杰克斯邀请骁勇无比的赫克脱便服至敝寨一叙；
关于他的身体上的安全，我可以要求慷慨宽宏，声
名卓著，高贵尊荣的希腊军大元帅阿加曼侬特予保
证，等等等等。你这样说吧。

伯 乔武大神祝福伟大的哀杰克斯！

瑟 哼！

伯 我奉尊贵的亚契尔斯的命令前来，——

瑟 嘿！

伯 他，恭恭敬敬地请求您邀请赫克脱到他的寨内
一叙，——

瑟　　哼！

伯　　他可以从阿加曼侬取得安全通行的保证。

瑟　　阿加曼侬！

伯　　是，将军。

瑟　　嘿！

伯　　您的意思怎样？

瑟　　愿上帝和你同在。

伯　　您的答复呢，将军？

瑟　　明天要是天晴，那么在十一点钟的时候，一定可以
　　　见个分晓；可是他即使得胜，我也要叫他付下了重
　　　大的代价。

伯　　您的答复呢，将军？

瑟　　再见，再见。

亚　　啊，难道他就是这么一付腔调吗？

瑟　　不，他简直是脱腔走调；我不知道赫克脱捶破了他
　　　的脑壳以后，他还会唱些什么调调儿出来；不过我
　　　想他是不会有什么调调儿唱出来的，除非爱坡罗抽
　　　了他的筋去做琴弦。

亚　　来，你必须立刻替我去把一封信送给他。

瑟　　让我再带一封去给他的马吧；比较起来，还是他的

　　　　马有些知觉呢。

亚　　我的心里很乱，就像一池搅混了的泉水，我自己也看

　　　　不见它的底。（亚、伯同下）

瑟　　但愿你那心里的泉水再清澈起来，好让我把我的驴

　　　　子牵下去喝几口水！我宁愿做一颗羊身上的虱子，

　　　　也不愿做这么一个没有头脑的勇士。（下）

第四幕

在她淫邪的血管里，每一滴
负心的血液，都有一个希腊
人为它而丧失了他的生命！

第一场 特洛埃；街道

【伊尼亚斯及仆人持火炬自一方上；巴里斯，台福勃斯，恩替诺，戴奥米第斯及余人等各持火炬自另一方上。

巴　瞧！喂！那边是谁？

台　那是伊尼亚斯将军。

伊　那一位是巴里斯王子吗？要是我也安享着像您这样的艳福，除了天大的事情以外，什么也不能叫我离开我的床头的伴侣的。

戴　我也是这样想着。早安，伊尼亚斯将军。

巴　伊尼亚斯，这是一位勇敢的希腊人，你跟他搀搀手吧。你不是说过，戴奥米第斯曾经有整整一个星期在战场上把你纠缠住了不放吗？现在你可以认认清楚他的面貌了。

伊　在我们继续休战的期中，勇敢的将军，我愿意祝您健康；可是当我们戎装相见的时候，我对您只有不共戴天的敌忾。

戴　　戴奥米第斯对于您的友情和敌意，都是同样欣然接
　　　受。当我们现在心平气和的时候，请您许我向您还
　　　祝健康；可是我们要是在战场上角逐起来，那么乔
　　　武在上，我要用我全身的力量和计谋，来取得你的
　　　生命。

伊　　你将要猎逐一头狮子，当它逃走的时候，是用它的
　　　脸奔向着敌人的。现在我却用善意的温情，欢迎你
　　　到特洛埃来！凭着维纳丝的玉手起誓，世上没有人
　　　会像我一样爱着他所准备杀死的东西。

戴　　我们完全同情。乔武，要是伊尼亚斯的末日不就是
　　　我的宝剑的光荣，那么愿他活到千秋万岁吧！可是
　　　当我们为了光荣而互相争斗的时候，那么愿他明天
　　　就死去，每一处骨节上都留着一个伤痕！

伊　　我们真是知己相逢。

戴　　正是；我们更希望下一次相逢的时候，彼此互成
　　　仇敌。

巴　　像这样满含着敌意的热烈欢迎，像这样无上高贵的
　　　憎视的友情，真是我平生所未闻。将军，你有什么

事起得这样早？

伊　王上叫我去，可是我不知道为了什么事。

巴　这儿就是他所要叫你干的事：你带着这位希腊人到
　　卡尔却斯的家里，在那边把美丽的克蕾雪达交给他，
　　作为他们把恩替诺放还过来的交换。你可以陪着我
　　们一块儿去；否则你先去一步也可以。我总是觉
　　得——也可以说的确相信——我的兄弟特洛埃勒斯
　　昨天晚上在那边过夜；你去就把他叫醒起来，通知
　　他我们就要来了，同时把一切情形告诉他。我怕我
　　们此去是一定非常不受欢迎的。

伊　那还用说吗？特洛埃勒斯宁愿让希腊人拿了特洛埃
　　去，也不愿让克蕾雪达被人从特洛埃带走。

巴　那也是没有办法；时势所迫，不得不然。请吧，将军；
　　我们随后就来。

伊　那么各位早安！（下）

巴　告诉我，尊贵的戴奥米第斯，像一个好朋友似的老
　　实告诉我，照您看起来，我跟米尼劳斯两个人究竟
　　是谁更配得上美丽的海伦？

伊　你们两人都差不多。一个不以她的失节为嫌，费了

这么大的力气想要把她追寻回来；一个也不以舔人唾余为耻，不惜牺牲了如许的资财将士，把她保留下来。他像一个懦弱的忘八似的，甘心喝下人家残余的无味的糟粕；您像一个好色的登徒似的，愿意从她淫荡的身体里生育您的后嗣。照这样比较起来，你们正是一个半斤，一个八两。

巴　您把您的同国的姊妹说得太不堪了。

戴　她太对不起她的祖国。听我说，巴里斯，在她的淫邪的血管里，每一滴负心的血液，都有一个希腊人为它而丧失了他的生命；在她的腐烂的尸体上，每一分每一厘的皮肉，都有一个特洛埃人为它而暴骨沙场。自从她呀呀学语以来，她所说过的好话的数目，还抵不上死在她手里的希腊人和特洛埃人的总数。

巴　好，戴奥米第斯，您的说话就像一个做买卖的人似的，故意把您所要买的东西说得这样坏；可是我们却不愿多费唇舌，夸赞我们所要出卖的东西。请望这边走。（同下）

第二场 同前；潘达勒斯家的庭前

【特洛埃勒斯及克蕾雪达上。

特　　亲爱的，进去吧；早晨很冷呢。

克　　那么，我的好殿下，让我去叫叔叔下来，替您开门。

特　　不要麻烦他；去睡吧，去睡吧；你那双可爱的眼睛
　　　已经倦得睁不开来，你的全身有一种软绵绵的感觉，
　　　好像一个没有思虑的婴孩似的。

克　　那么再会吧。

特　　请你快去睡一会儿。

克　　您已经讨厌我了吗？

特　　啊克蕾雪达！倘不是忙碌的白昼被云雀叫醒，惊起
　　　了无赖的乌鸦，倘不是酣梦的黑夜不再遮掩我们的
　　　欢乐，我是怎么也不愿离开你的。

克　　夜是太短了。

特　　可恨的妖巫！对于心绪恼乱的人们，她会像地狱中
　　　的长夜一样逗留不去；对于欢会的恋人们，她就驾
　　　着比思想还快的翼膀迅速飞走。你再不进去，会受

了寒的，那时你又要骂我了。

克　请您再稍留片刻吧；你们男人总是不肯多留一会儿
的。唉，好傻的克蕾雪达！我应该继续推拒您的要
求，那么您就不肯走开了。听！有人起来啦。

潘　（在内）怎么！这儿的门都开着吗？

特　这是你的叔叔。

克　真讨厌！现在他又要来把我取笑了；叫人怪不好意
思的！

【潘达勒斯上。

潘　啊，啊！其味如何？喂，你这位大娘子！我的侄女
克蕾雪达呢？

克　该死的坏叔叔，老是把人取笑！你自己害得我——
现在却来讥笑我。

潘　害得你怎样？害得你怎样？让她自己说，我害得你
怎样？

克　算了，算了，你这坏人！你自己永远做不出好事情
来，也不让人家做一个安安分分的人。

潘　　哈，哈！唉，可怜的东西！真是个傻丫头！昨天晚上没有睡觉吗？他这个坏家伙不让你睡吗？让妖精抓了他去！

克　　我不是对您说过吗？我恨不得打他一顿才痛快！（内叩门声）谁在打门？好叔叔，去瞧瞧。殿下，您再到我房里坐一会儿；您在笑我，好像我的话里头存着邪心似的。

特　　哈哈！

克　　不，您弄错了，我没有转这种念头。（内叩门）他们把门擂得多急！请您快进去吧，我怎么也不愿让人家瞧见您在这儿。（特、克同下）

潘　　（往门口）是谁？什么事？你们要把门都打破了吗？怎么！什么事？

【伊尼亚斯上。

伊　　早安，大人，早安。

潘　　是谁？伊尼亚斯将军！哎哟，我人都不认识啦。您这么早来有什么见教？

伊　　特洛埃勒斯王子在这儿吗？

潘　　在这儿？他在这儿干么？

伊　　算了，大人，我知道他在这儿，您不用瞒我。我有
　　　一些对他很有关系的话要跟他说。

潘　　您说他在这儿吗？那么我可以发誓，我一点也不知
　　　道；我自己是很晚才回来的。他到这儿来干么呢？

伊　　算了，算了，您这样替他遮瞒，也许是对朋友的一
　　　片好心，可是对他没有什么好处的。不管您知道不
　　　知道，快去叫他出来；去。

【特洛埃勒斯重上。

特　　怎么！什么事？

伊　　殿下，恕我少礼，我的事情很紧急；令兄巴里斯，台
　　　福勃斯，希腊来的戴奥米第斯，和被释归来的恩替
　　　诺都就要来了。因为希腊人把恩替诺还给我们，所
　　　以我们必须在这一小时内，把克蕾雪达姑娘交给戴
　　　奥米第斯带回希腊，作为交换。

特　　已经这样决定了吗？

伊　这件事情已经由普赖姆和全体廷臣通过，立刻就要
　　实行。

特　好容易如愿以偿，又变了一场梦幻！我要见他们去；
　　伊尼亚斯将军，请你装作我们是偶然相遇的，不要
　　说在这儿找到了我。

伊　很好，很好，殿下；我决不泄漏秘密。(特、伊同下)

潘　有这等事？刚才到手就丢了！魔鬼把恩替诺抓了去！
　　这位小王子准要发疯了。该死的恩替诺！我希望他
　　们扭断他的头颈！

【克蕾雪达重上。

克　怎么！什么事？刚才是谁？

潘　唉！唉！

克　您为什么这样长叹？他呢？去了！好叔叔，告诉我，
　　是怎么一回事？

潘　我还是死了干净！

克　天哪！是什么事？

潘　你进去吧。你为什么要生下这世上来？我知道你会

把他害死的。唉，可怜的王子！该死的恩替诺！

克　　好叔叔，我求求您，我跪在地上求求您，告诉我究竟发生了什么事啦？

潘　　你要去了，丫头，你要去了；人家拿恩替诺来换你来了。你必须到你父亲那儿去，不能再跟特洛埃勒斯在一起。他一定要伤心死的；他再也受不了的。

克　　啊你们天上的神明！我是不愿去的。

潘　　你非去不可。

克　　我不愿去，叔叔。我已经忘记我的父亲；我不知道什么骨肉之情，只有亲爱的特洛埃勒斯才是我的最亲近的亲人。神明啊！要是克蕾雪达有一天会离开特洛埃勒斯，那么让她的名字永远被人唾骂吧！时间，武力，死亡，尽你们把我的身体怎样摧残吧；可是我的爱情的基础是这样坚固，就像吸引万物的地心，永远不会动摇的。我要进去哭了。

潘　　好，你去哭吧。

克　　我要扯下我的光亮的头发，抓破我的被人赞美的脸庞，哭哑我的娇好的喉咙，用特洛埃勒斯的名字锤碎我的心。我不愿离开特洛埃一步。（同下）

第三场　同前；潘达勒斯家门前

【巴里斯，特洛埃勒斯，伊尼亚斯，台福勃斯，恩替诺，及戴奥米第斯上。

巴　　天已经大亮，把她交给这位希腊勇士的预定时间很快地就要到了。特洛埃勒斯我的好兄弟，你去告诉这位姑娘她所应该做的事，催她赶快收拾一切，准备动身。

特　　你们各位都跟我到她家里去；我立刻带她出来。当我把她交给这个希腊人的时候，请你把他的手当作一座祭坛，你的兄弟特洛埃勒斯是个祭司，把他自己的心挖出来作为献祭了。(下)

巴　　我知道一个人在恋爱中的心理；可是我虽然老大不忍，却没有法子帮助他！各位将军，请进去吧。(同下)

第四场　同前；潘达勒斯家中一室

【潘达勒斯及克蕾雪达上。

潘　　别太伤心啦，别太伤心啦。

克　　你为什么叫我不要太伤心呢？我所感到的悲哀是这
　　　样的深刻，广满，透彻，而强烈，我怎么能够把它
　　　压抑下去呢？要是我可以节制我的感情，或是把它
　　　的味道冲得淡薄一些，那么也许我也可以节制我的
　　　悲哀；可是我的爱是不容许搀入任何水分的，我的
　　　失去了这样一个宝爱的人的悲哀，也是没有法子可
　　　以排遣的。

【特洛埃勒斯上。

潘　　他，他，他来了。啊！好一对鸳鸯！

克　　（抱特）啊，特洛埃勒斯！特洛埃勒斯！

潘　　瞧这一双痴男怨女！我也要想抱着什么人哭一场哩。
　　　那歌儿上怎么说的？

啊，心啊，悲哀的心，

你这样叹息为何不破碎？

下面的答句是——

因为言语或友情，

都不能给你的痛苦以安慰。

这几行诗句真是说得入情入理。可见什么东西都不应该随便丢弃，因为我们也许会有一天用得到这样几句诗儿的。喂，小羊儿们！

特　克蕾雪达，我因为爱你爱得这样虔诚，远胜于从我的冷淡的嘴唇里吐出来的对于神明的颂祷，所以激怒了天神，把你夺了去了。

克　天神也是会妒嫉的吗？

潘　是，是，是，是，这是一桩非常明显的事实。

克　我真的必须离开特洛埃吗？

特　这是一件无可避免的恨事。

克　怎么！也必须离开特洛埃勒斯吗？

特　你必须离开特洛埃也必须离开特洛埃勒斯。

克　真会有这种事吗？

特　而且是这样匆促。运命的无情的毒手把我们硬生生拆分开来，不留给我们一些从容握别的时间；它粗暴地阻止了我们唇吻的交融，用蛮力打散了我们紧紧的偎抱，把我们无限郑重的深盟密誓扼毙在我们的喉间。我们用千万声叹息买到了彼此的爱情，现在却必须用一声短促的叹息把我们自己廉价出卖。无情的时间像一个强盗似的，现在必须把他所偷到的珍贵的宝物急急忙忙地塞在他的包裹里；像天上的星那么多的离情别意，每一句道别都伴着一声叹息一个吻，都被他挤塞在一句简单的"再会"里，只剩给我们草草的一吻，被断续的泪珠和成了辛酸的滋味。

伊　（在内）殿下，那姑娘预备好了没有？

特　听！他们在叫你啦。有人说，一个人将死的时候，催命的鬼使也是这样向他"来啦！""来啦！"地招呼着的。叫他们耐心等一会儿；她就要来了。

潘　我的眼泪呢？快下起雨来，把我的叹息打下去，因为它像一阵大风似的，要把我的心连根吹了起来呢！（下）

克　那么我必须到希腊人那儿去吗？

特　没有挽回的余地了。

克　那么我要在快活的希腊人中间，做一个伤心的克蕾
雪达了！我们什么时候再相会呢？

特　听我说，我的爱人。只要你忠心不变，——

克　我忠心不变！怎么！你怀疑我吗？

特　不，你不要误会我的意思；我说"只要你忠心不变"，
不是对你有什么不放心的地方，我不过用这样一句
话，引起我下面的意思。只要你忠心不变，我一定
会来看你的。

克　啊！殿下，那您就要遭到不测的危险啦；可是我的
忠心是不变的。

特　我要出入危险，习以为常。你佩戴着我这衣袖吧。

克　这手套也请您永远戴在手上。我什么时候再看见
您呢？

特　我会贿赂希腊的守兵，每天晚上来探望你。可是你
不要变心。

克　天啊！又是"不要变心！"

特　爱人，听我告诉你我说这句话的理由：希腊的青年们
都是充满着美好的品性的，他们都很可爱，很俊秀，

有很好的天赋，又是博学多能，我怕你也许会得新忘旧；唉！一种真诚的嫉妒占据着我的心头，请你把它叫作纯洁的罪恶吧。

克　　天啊！您不爱我。

特　　那么让我像一个恶徒一样不得好死！我不是怀疑你的忠心，只是不相信自己有什么长处：我不会唱歌，不会跳舞，不会讲那些花言巧语，也不会跟人家勾心斗角，这些都是希腊人最擅长的本领；可是我可以说在每一种这一类的优点中间，都潜伏着一个不动声色的狡猾的恶魔，引诱人家堕入他的圈套。希望你不要被他诱惑。

克　　您想我会被他诱惑吗？

特　　不。可是有些事情不是我们的意志所能作主的；有时候我们会变成引诱自己的恶魔，因为过信着自己的脆弱易变的心性，而陷于身败名裂的地步。

伊　　（在内）殿下！

特　　来，吻我；我们就此分别了。

巴　　（在内）特洛埃勒斯兄弟！

特　　哥哥，你带着伊尼亚斯和那希腊人进来吧。

克　殿下，您不会变心吗？

特　谁，我吗？唉，忠心是我唯一的过失：当别人用手段
去沽名钓誉的时候，我却用一片忠心博得一个痴愚
的名声；人家用机诈在他们的铜冠上镀了一层金，
我只有纯朴的真诚，我的王冠是敝旧而没有虚饰的。

【伊尼亚斯，巴里斯，恩替诺，台福勃斯，及戴奥米
第斯上。

特　欢迎，戴奥米第斯将军！这就是我们向你们交换恩
替诺的那位姑娘，等我们到了港口的时候，我就把
她交给你，一路上我还要告诉你她是怎么样的一个
人。你要好好看顾她；凭着我的灵魂起誓，希腊人，
要是有一天你的生命悬在我的剑下，只要一提起克
蕾雪达的名字，你就可以像普赖姆坐在他的深宫里
一样安全。

戴　克蕾雪达姑娘，您无须感谢这位王子的关切，您那
明亮的眼睛，您那天仙化人的脸庞，就是最有力的
言辞，使我不能不给您尽心的爱护；您今后就是戴

奥米第斯的女主人，他愿意一切听从您的吩咐。

特   希腊人，你用这种恭维她的话语，来嘲笑我的诚意的请托，未免太没有礼貌了。我告诉你吧，希腊的将军，她的好处是远超过你的恭维以上的，你也不配称为她的仆人。我吩咐你好好看顾她，因为这就是我的吩咐；要是你胆敢欺负她，那么即使亚契尔斯那个大汉做你的保镖，我也要切断你的喉咙。

戴   啊！特洛埃勒斯王子，您不用生气，让我凭着我的地位和使命所赋有的特权，说句坦白的话：当我离开这儿以后，我爱怎么做就怎么做，什么人也不能命令我；我将按照她本身的价值看重她，可是您要是叫我必须怎么怎么做，那么我就用我的勇气和荣誉，回答您一个"不"字。

特   来，到港口去吧。我对你说，戴奥米第斯，你今天对我这样出言不逊，以后你可不要碰在我的手里。姑娘，让我搀着您的手，我们就在一路谈谈我们两人所要说的话吧。（特、克、戴同下；喇叭声）

巴   听！赫克脱的喇叭声。

伊   我们把这一个早晨浪费过去了！我曾经对他发誓，要比他先到战场上去，现在他一定要怪我怠惰迟慢了。

巴　　这都是特洛埃勒斯不好。来，来，到战场上去会他。

台　　我们立刻就去吧。

伊　　好，让我们像一个精神奋发的新郎似的，赶快去追随
　　　着赫克脱的左右；我们特洛埃的光荣，今天完全倚
　　　靠着他一个人的神威。（同下）

第五场 希腊营地，前设围场

【哀杰克斯披甲胄，及阿加曼侬，亚契尔斯，伯特罗
克勒斯，米尼劳斯，尤列赛斯，纳斯脱等同上。

阿　　你已经到了约定的地点，勇气勃勃地等候时间的到
　　　来。威武的哀杰克斯，用你的喇叭向特洛埃高声吹响，
　　　让它传到你那英勇的敌人的耳中，召唤他出来吧。

哀　　吹喇叭的，我多赏你几个钱，你替我使劲的吹，把你
　　　那喇叭管子都吹破了吧。吹啊，家伙，鼓起你的腮子，
　　　挺起你的胸脯，吹到你的眼睛里冒血，给我把赫克
　　　脱吹了出来。（吹喇叭）

尤　　没有喇叭回答的声音。

亚　　时候还早着哩。

阿　　那边不是戴奥米第斯带着卡尔却斯的女儿来了吗?

尤　　正是他，我认识他的走路的姿态；看他趾高气扬的
　　　样子，好像非常得意。

【戴奥米第斯及克蕾雪达上。

阿　这位就是克蕾雪达姑娘吗？

戴　正是。

阿　好姑娘，欢迎您到我们这儿来。

纳　我们的元帅用一个吻来欢迎您哩。

尤　可是那只能表示他个人的盛意；她是应该让我们大
　　家都有接吻一次的机会的。

纳　说得有理；我来开始吧。纳斯脱已经吻过了。

亚　美人，让我吻去您嘴唇上的冰霜；亚契尔斯向您表
　　示他的欢迎。

米　我也有吻她一次的权利。

伯　你还是放弃了你的权利吧；巴里斯也正是这样打旁
　　边杀了过来，把你的权利夺了去的。姑娘，这第一
　　个吻是米尼劳斯的；第二个是我的：伯特罗克勒斯
　　吻着您。

米　啊！这是什么话！

伯　巴里斯跟我两个人总是代替他和人家接吻。

米　我一定要得到我的一吻。姑娘，恕我。

克　在接吻的时候，是您给我吻呢还是您受我的吻？

伯　我也给您吻，也受您的吻。

克　您所受的吻胜过您所给的吻，所以我不让您吻我。

米　那么我给您利息；让我用三个吻换您的一个吧。

尤　你这笔买卖是做不成的。好姑娘，我可以向您讨一
　　个吻吗？

克　好，您讨吧。

尤　那么，为了维纳丝的缘故，给我一个吻；等海伦再变
　　成一个处女的时候，他也可以吻您，他的吻也让我
　　代领了吧。

克　这一笔债可以记在账上，等它到期的时候，您再来问
　　我讨吧。

尤　那是永远不会到期的，那么把我的一吻给我。

戴　姑娘，我带您去见令尊吧。（戴偕克下）

纳　一个伶俐的女人。

尤　不要脸的东西！她的眼睛里，脸庞上，嘴唇边都有说
　　话，连她的脚都会讲话呢；她身上的每一处骨节，
　　每一个行动，都透露出风流的情性。（内喇叭声）

众　特洛埃人的喇叭。

阿　他们的军队来了。

【赫克脱披甲胄，及伊尼亚斯，特洛埃勒斯，与其他
　　特洛埃将士等上。

伊　　各位希腊将军请了！赫克脱叫我来问你们，在今天
　　这次比武中间，交战双方是不是一定要判决雌雄，
　　死伤流血，在所不计；还是在一方面已经占到上风
　　的时候，就由监战的人发令双方停止？

阿　　赫克脱愿意采取那一种方式？

伊　　他没有意见；他愿意服从两方面议定的条件。

亚　　这正是赫克脱的作风，想得很周到，有点儿骄傲，
　　可是未免太小看对方的武士了。

伊　　将军，您倘然不是亚契尔斯，那么请问您叫什么
　　名字？

亚　　我倘不是亚契尔斯，就是个无名小子。

伊　　那么尊驾正是亚契尔斯了。可是让我告诉您吧：赫
　　克脱有的是吞吐宇宙的无限大的勇气，却没有一丝
　　一毫的骄傲。您要是知道他的为人，那么他这种表
　　面上的骄傲，正是他的礼貌。你们这位哀杰克斯的
　　身体上有一半是和赫克脱同血统的，为了顾念亲属
　　的情谊，今天只有半个赫克脱出场，用他一半的心，

一半的身体，来跟这个一半特洛埃人一半希腊人的

混血武士相会。

亚　　那么今天的战争只是一场娘儿们的打架吗？啊！我

　　　知道了。

【戴奥米第斯重上。

阿　　戴奥米第斯将军来了。善良的武士，你去站在我们

　　　这位哀杰克斯的旁边；你和伊尼亚斯将军就做两方

　　　面的监战人吧，或者让他们战到精疲力竭，或者让

　　　他们略为交锋一两合，都由你们两人决定。这两个

　　　交战的既然是亲戚，恐怕他们剑下不免有所顾忌。

（哀、赫二人入场）

尤　　他们已经拔剑相向了。

阿　　那个满脸懊丧的特洛埃人是谁？

尤　　普赖姆的最小的儿子，一个真正的武士：他不曾经

　　　过多大的历练，可是已经卓尔不群；他的出言很坚决，

　　　他的行为代替了他的言辞，他也从不矜功伐能；他

　　　不容易动怒，可是一动了怒，他的怒气却不容易平

息下来；他有一颗坦白的心和一双慷慨的手，他所有的都可以给人家，他所想到的都不加掩饰，可是他的慷慨并不是滥施滥与，他的嘴里也从不曾吐露过一些卑劣的思想。他像赫克脱一样勇敢，可是比赫克脱更利害；因为赫克脱在盛怒之中，只要看见柔弱的事物，就会心软下来，可是他在激烈行动的时候，是比善妒的爱情更为凶狠的。他们称他为特洛埃勒斯，在他的身上建立着未来的希望，足与赫克脱后先媲美。这是伊尼亚斯对我说的，他很熟悉这个少年，当我在特洛埃宫里的时候，他这样私下告诉我。（号角声；赫克脱与哀杰克斯交战）

阿　　他们打起来了。

纳　　哀杰克斯，出力！

特　　赫克脱，你睡着了吗；醒来！

阿　　他的剑法很不错；好啊，哀杰克斯！

戴　　大家住手。（号角声停止）

伊　　两位王子，够了，请歇手吧。

哀　　我还没有上劲呢；再打一会儿吧。

戴　　请问赫克脱的意思。

赫　　好，那么我是不愿意再打下去了。将军，你是我的
　　　　父亲的妹妹的儿子，伟大的普赖姆的侄儿；血统上
　　　　的关系，阻止我们作流血的竞争。要是在你身上混
　　　　合着的希腊和特洛埃的血液，可以使你这样说，"这
　　　　一只手是完全属于希腊的，这一只是特洛埃的；这
　　　　腿上的筋肉全然是希腊的，这腿上全然是特洛埃的；
　　　　右边的脸上流着我母亲的血液，左边的流着我父亲
　　　　的血液"，那么凭着万能的乔武起誓，我要用我的
　　　　剑在你每一处流着希腊血液的肢体上留下这一场恶
　　　　战的痕迹；可是我不能上干天怒，让我的利剑沾上
　　　　一滴你所得自你的母亲，我的可尊敬的姑母的血液。
　　　　让我拥抱你，哀杰克斯；凭着震响着雷霆的天神起
　　　　誓，你有很壮健的手臂；兄弟，愿你有一切的光荣！

哀　　谢谢你，赫克脱；你是一个太仁厚慷慨的人。我本
　　　　意是要来杀死你，替自己博得一个英雄的名声的。

赫　　即使最有名的尼奥普托勒默斯，也不能希望从赫克
　　　　脱身上夺得光荣。

伊　　两方面都在等着看你们两位还有什么行动。

赫　　我们就这样回答：拥抱是这一场决战的结果。哀杰

克斯，再会。

哀　　这是一个难得的机会，要是我的请求可以获得胜利，

那么我要请我的著名的表兄到我们希腊营中一叙。

戴　　这是阿加曼侬的意思，伟大的亚契尔斯也渴想见一

见解除甲胄的赫克脱的英姿。

赫　　伊尼亚斯，叫我的兄弟特洛埃勒斯过来见我；把这

次友谊的访问通知我们特洛埃方面的观战将士，叫

他们回去吧。兄弟，把你的手给我；我愿意跟你一

起吃吃喝喝，认识认识你们的武士。

哀　　伟大的阿加曼侬亲自来迎接我们了。

赫　　凡是他们中间最有名的人物，都请你一个一个把他

们的名字告诉我；可是轮到亚契尔斯的时候，我要凭

着我自己的眼睛，从他魁梧庞大的身体上认出他来。

阿　　尊贵的英雄！我们热烈欢迎你，正像我们热烈希望

早早去掉你这样一位敌人一样；可是在欢迎的时候，

不该说这样的话，请你明白我的意思，在过去和未

来的路上，是散满着毁灭的零落的残迹的，可是在

此时此刻，我们却用毫无猜忌的诚意，从心底里向

你表示欢迎，伟大的赫克脱！

赫 谢谢你，尊严的阿加曼侬。

阿 （向特）特洛埃著名的将军，我们同样欢迎你的光降。

米 让我继着我的王兄之后，欢迎你们两位英雄的兄弟。

赫 这一位将军是谁？

伊 尊贵的米尼劳斯。

赫 啊！是您吗，将军？凭着战神的臂辅，谢谢您！不要笑我发这样古怪的誓，您那位从前的太太总是凭着爱神的手套起誓的；她很安好，可是没有叫我向您问候。

米 别提起她，将军；她是一个死了的题目。

赫 啊！对不起，恕我失言。

纳 勇敢的特洛埃人，我常常看见你突过希腊少年的队伍，像披荆斩棘一样挥舞着你的宝剑，一手操纵着死生的命运；我也看见你像一个盛怒的帕修斯似的鞭策着骏马驰骋，把你的剑停留在空中，不去加诛那些望风披靡的败将降卒；那时我曾经对旁边的人说，"瞧！那边正是天神裘必脱在那儿决定人们的生死呢！"我也看见一群希腊人把你紧紧包围在中间，像一场奥林帕斯山上的角技似的，你却从容不迫地在那儿休息；可是当我看见你的时候，你的脸孔总是深锁在钢铁的面甲里，直到现在方才看到你的面目。我认识你的祖父，曾经跟他交手过一次，他是一位很好的军人；可是凭着伟大的战神起誓，你比他强得多啦。让一个老年人拥抱你；可尊敬的战士，欢迎你驾临我们的营地。

伊　这位是年老的纳斯脱。

赫　让我拥抱你，久历沧桑的好老人家；最可尊敬的纳斯脱，我很高兴遇见你。

纳　我希望我的臂膀不但能够拥抱你，也能够和你在疆场上决战。

赫　我也希望它们能够。

纳　吓！凭着我这一把白须，我明天可要跟你决战几合呢。好，欢迎，欢迎！我现在是老了，——

尤　特洛埃的柱石已经在我们这儿了，我不知道现在那座城会不会倒下来。

赫　尤列赛斯将军，您的容貌我还记得很清楚。啊！自从上次您跟戴奥米第斯出使到敝城来，我们初次会面的那时候以后，已经死了多少的希腊人和特洛埃人啦。

尤　将军，我那时候早就向您预告后来的事情了；我的
预言还不过应验了一半，因为那座屏障贵邦的顽强
的城墙，那些高耸云霄的碉楼，都必须吻它们自己
脚下的泥土。

赫　我不能相信您的话，它们现在还是固若金汤；照我
并不夸大的估计，打落每一块腓利基亚的石头，都
必须用一滴希腊人的血做代价。什么事情都要到结
局方才知道究竟，那位惯于调停一切的时间老人，
总有一天会替我们结束这一场纷争。

尤　那么就让他去解决一切吧。最温良最勇武的赫克脱，
欢迎！等元帅宴请过您以后，我也要请您驾临敝营，
让我略尽地主之谊。

亚　对不起，尤列赛斯将军，我要占先一下！赫克脱，我
已经把你看了个饱，仔细端详过你的脸貌，把你身
上每一处地方都牢牢记住了。

赫　这位就是亚契尔斯吗？

亚　我就是亚契尔斯。

赫　请你站好，我也要看看你。

亚　　你尽管看吧。

赫　　我已经看好了。

亚　　你看得太快了。我可要像买东西似的再把你从头到
　　　脚细细儿的看一遍。

赫　　啊！你要把我当作一本兵法书似的读着吗？可是我
　　　怕你有许多地方读不懂。为什么你这样用你的眼睛
　　　尽盯住我？

亚　　天神啊，告诉我，我应该在他身上的那一部分把他
　　　杀死？是这儿，是这儿，还是这儿？让我认清在什
　　　么方位结果赫克脱的生命。天神啊，回答我吧！

赫　　骄傲的人，天神倘会回答这样一个问题，他们也不
　　　成其为天神了。请你再立定一下。你以为取我的命
　　　是这样一件容易的事，可以让你预先认清在什么地
　　　方把我杀死吗？

亚　　我告诉你，是的。

赫　　即使你的话是天神的启示，我也不相信你。你还是
　　　自己留心点儿吧，因为我要把你杀死的时候，我不
　　　是在这儿那儿杀死你，凭着替战神打盔的铁砧起誓，
　　　我要在你身上每一处地方杀死你。各位聪明的希腊

人，恕我夸下了这样的大口，他的出言不逊，激动我说出这样狂妄的话来；可是我倘不能用行为证实我的说话，我就永不——

哀　　表兄，你不必生气。亚契尔斯，您也不用说这种恫吓的话，等您用得到它们的时候再拿出来吧；只要您有胃口，您可以每天去跟赫克脱斯杀的。可是我怕我们全营将士请您出马的时候，您又是请也请不出来的了。

赫　　请您让我在战场上跟您相见好不好？自从您不肯替希腊人出力以来，我们已经好久不曾有过痛快的厮杀了。

亚　　赫克脱，你请求我吗？好，明天我一定和你相会，决一个你死我活；可是今天晚上我们是好朋友。

赫　　一言为定，把你的手给我。

阿　　各位希腊将士，你们大家先到我的营帐里来，参加共同的欢宴；要是赫克脱有功夫，你们有谁想要表示你们好客的殷勤，再可以各别招待他。把鼓儿高声打起来，把喇叭吹起来，让这位大英雄知道我们对他的欢迎。（除特、尤二人外皆下）

特　　尤列赛斯将军，请您告诉我，卡尔却斯住在什么
　　　地方？

尤　　在米尼劳斯的营帐里，尊贵的特洛埃勒斯；戴奥米
　　　第斯今晚就在那儿陪他喝酒，这家伙眼睛里不见天
　　　地，只是瞧着美丽的克蕾雪达。

特　　将军，我们从阿加曼侬帐里出来以后，可不可以有
　　　劳您带我到那边去？

尤　　您可以命令我。我也要请问一声，这位克蕾雪达姑
　　　娘在特洛埃的名誉怎样？她在那边有没有什么情人
　　　因为跟她分别而伤心？

特　　啊，将军！我真像一个向人夸示他的伤疤的人一样，
　　　反而遭到您的讥笑了。请吧，将军。她曾经被人爱，
　　　她也爱过人，她现在还是这样；可是甜蜜的爱情往
　　　往是命运嘴里的食物。（同下）

第五幕

让我们跪下来哀求他，因为
我梦见流血的混乱，整夜
里只是梦着屠杀的惨象！

第一场 希腊营地；亚契尔斯帐前

【亚契尔斯及伯特罗克勒斯上。

亚　今夜我要用希腊的美酒烧热他的血液，明天再用我的宝剑叫它冷下来。伯特罗克勒斯，我们一定要痛痛快快地请他吃喝一个尽兴。

伯　瑟息替斯来了。

【瑟息替斯上。

亚　啊，你这恶毒的核儿！你这天生的硬面包壳儿！有什么消息？

瑟　嘿，你这虚有其表的画像，你这痴人崇拜者的偶像，这儿有一封信给你。

亚　从那儿来的，你这七零八碎的东西？

瑟　嘿，你这满盘的傻瓜，从特洛埃来的。

伯　现在谁在看守着营帐？

瑟　请你免开尊口，孩子；我一点也不能从你的谈话里得到什么好处。人家都以为你是亚契尔斯的雄丫头。

伯 混蛋！什么叫做雄丫头？

瑟 嘿，雄丫头就是男婊子。但愿南方的各种恶病，绞肠，脱肠，伤风，肾砂，昏睡症，瘫痪，烂眼，坏肝，哮喘，膀胱肿毒，坐骨神经痛，灰掌疯，无药可医的筋骨痛，终身不治的水泡疹，一古脑儿染到你这荒唐家伙的身上！

伯 怎么，你这该死的恶毒匣子，你这样咒人是什么意思？

瑟 我咒你吗？

伯 哼，你这半橛儿的坏木头，你这婊子生的不成形的恶狗，你没有咒我。

瑟 没有！那么你为什么发急，你这一绞轻薄的丝绒线，你这坏眼病人的绿绸眼罩，你这浪子钱袋上的流苏，你？啊！这个寒伧的世间怎么净是这些水面的飞虫，这些可厌的渺小的生物！

伯 闭嘴，恶毒的东西！

瑟 你这麻雀蛋儿！

亚 我的好伯特罗克勒斯，我明天出战的雄心已经受到挫折。这儿是一封从赫邱琶王后写来的信，还有她的女儿，我的爱人，给我的一件礼物，她们都恳求我遵守我从前发过的一句誓言。我不愿背反我的誓言。让希腊没落，让名誉消失，让光荣或去或留吧；我必须服从我所已经发过的重誓。来，来，瑟息替斯，帮着布置布置我的营账：今夜一定要在欢宴中消度过去。去吧，伯特罗克勒斯！（亚、伯同下）

瑟 这两个人有太多的血气，太少的头脑，也许会发起疯来；要是他们因为有太多的头脑，太少的血气而发疯，那么我倒可以治愈他们的疯病。还有那个阿加曼侬，人倒是很老实，他也很爱吃鹌鹑，可是他的头脑总共还不过像耳屎那么一点点。讲到他那个外表像天神的兄弟，那头公牛，那尊原始的雕像，那座歪斜的忘八的记念碑，他不过是用链条穿起了挂在他哥哥腿上的一块小小的鞋拔；像他这种家伙，智慧里搀了些奸恶，奸恶里拼了些智慧，还能够叫他变得比现在的样子好一点吗？变一头驴子，那也不算什么；他又是驴子又是牛。变一头牛，那也不算什么，他又是牛又是驴子。变一头狗，一头骡子，

一头猫，一头臭鼬，一只虾蟆，一条蜥蜴，一只枭，

一只鹞子，或是一条没有卵的鲱鱼，我都不在乎；可

是倘要叫我变一个米尼劳斯！嘿，我才要向命运造

反呢。要是我不是瑟息替斯，那么别问我愿意变什

么，因为就是叫我做癫病人身上的一头虱子我都愿

意，只要不是做米尼劳斯。嗳唷！精灵们带着火把

来啦！

【赫克脱，特洛埃勒斯，哀杰克斯，阿加曼侬，尤列赛斯，

纳斯脱，米尼劳斯，及戴奥米第斯各持火炬上。

阿　我们走错了，我们走错了。

哀　不，那边正是；就在有火光的地方。

赫　真的太麻烦你们了。

哀　不，没有什么。

尤　他自己来接您啦。

【亚契尔斯重上。

亚　　欢迎，勇敢的赫克脱；欢迎，各位王子。

阿　　特洛埃的英雄的王子，我现在要向您道晚安了。哀
　　　杰克斯会吩咐卫士们伺候您的。

赫　　谢谢您，愿您晚安，希腊的元帅。

米　　晚安，将军。

赫　　晚安，米尼劳斯将军。

亚　　回去的人我向他们道晚安，留着的人我欢迎他们。

阿　　晚安。（阿、米同下）

亚　　年老的纳斯脱也没有去；戴奥米第斯，你也在这儿
　　　耽搁一二小时，陪陪赫克脱吧。

戴　　我不能，将军；我有重要的事情，现在就要去了。
　　　晚安，伟大的赫克脱。

赫　　把您的手给我。

尤　　（向特旁白）跟着他的火把跑；他是到卡尔却斯的
　　　帐里去的。我陪您走走。

特　　真是有劳您啦。

赫　　好，晚安。（戴下；尤、特随下）

亚　　来，来，我们进帐吧。（亚、赫、哀、纳同下）

瑟　　那个戴奥米第斯是个奸诈小人，一个居心不正的坏

家伙；当他斜着眼睛瞧人的时候，正像一条发着咝
咝声音的蛇一样靠不住。他会随口许愿，可是等到
他履行许愿的时候，天文学家也会发出预告，因为
那时候天象一定会发生巨大的变化，太阳反而要向
月亮借光了。我宁愿不看赫克脱，一定要跟住他；
人家说他养着一个特洛埃的婊子，借那卖国贼卡尔
却斯的营帐幽叙。我要跟他去。奸淫，只有奸淫！
全都是些不要脸的淫棍！（下）

第二场　同前；卡尔却斯帐前

【戴奥米第斯上。

戴　　喂！你睡了没有？

卡　　（在内）谁在叫？

戴　　戴奥米第斯。是卡尔却斯吗？你的女儿呢？

卡　　（在内）她就来了。

【特洛埃勒斯及尤列赛斯自远处上；瑟息替斯随上。

尤　　站远一些，别让火把照见我们。

【克蕾雪达上。

特　　克蕾雪达出来会他了。

戴　　啊，我的被保护人！

克　　我的亲爱的保护人！来！我给您说句话。（向戴耳语）

特　　哼，这样亲热！

尤　　她会向无论那个初次见面的男人唱歌。

戴　　你会记得吗？

克　　记得，记得。

戴　　好，你可记住了；不要口不应心。

特　　叫她记得些什么？

尤　　听好！

克　　甜甜蜜蜜的希腊人，别再诱我干那些傻事情了。

瑟　　捣什么鬼！

戴　　不，那么，——

克　　我对您说呀，——

戴　　算了，算了，有什么说的；你已经背了誓了。

克　　真的，我不能。你要我怎么样？

瑟　　一个鬼把戏，——公开的秘密。

戴　　你不是发过誓要给我一件什么东西吗？

克　　请您不要逼我履行我的誓言了，亲爱的希腊人；除
　　　了这一件事情以外，我什么都依你。

戴　　晚安！

特　　忍耐，把这口怒气压下去吧！

尤　　你怎么啦，特洛埃人？

克　　戴奥米第斯，——

戴　　不，不，晚安；我不愿再被愚弄了。

特　　比你更好的人也被她愚弄过了。

克　　听着！我向您的耳边说句话。

特　　该死该死！

尤　　您在动怒了，王子；我们还是去吧，免得您的脾气
　　　越发越大。这地方是个危险的地方，这时间也是容
　　　易闯祸的时间。请您回去吧。

特　　不，你瞧你瞧！

尤　　您还是去吧；您已经气得发疯了。来，来，来。

特　　请你再等一会儿。

尤　　您快要忍耐不住了；来。

特　　请你等一会儿。凭着地狱和一切地狱里的酷刑发誓，
　　　我决不说一句话！

戴　　好，晚安！

克　　可是您是含怒而去的。

特　　那使你心里难过吗？啊枯萎了的忠心！

尤　　怎么，怎么，王子！

特　　天神在上，我忍耐就是了。

克　　我的保护人！——喂，希腊人！

戴　　呸，呸！再见；你老是作弄人家。

克　　凭良心说，我没有；您回来呀。

尤　　您在气得发抖了；王子；我们去吧，您要忍不住了。

特　　她摸他的脸！

尤　　来，来。

特　　不，等一会儿；天神在上，我决不说一句话；在我
　　　的意志和一切耻辱的中间，有忍耐在那儿看守着；
　　　再等一会儿吧。

瑟　　那个屁股胖胖的，手指粗得像马铃薯般的奢淫的魔
　　　鬼怎么会把这两个宝货撮在一起！煎吧，都给我在
　　　奸淫里煎枯了吧！

戴　　那么你答应了吗？

克　　是，我答应了；不骗您。

戴　　给我一件什么东西做保证吧。

克　　我去给您拿来。（下）

尤　　您发誓说一定忍耐的。

特　　你放心吧，将军；我一定抑制住自己，不让我的感情
　　　暴露出来；我满心都是忍耐。

【克蕾雪达重上。

瑟　　抵押品来了！瞧，瞧；瞧！

克　　戴奥米第斯，这衣袖请您收下了吧。

特　　啊美人！你的忠心呢？

尤　　王子，——

特　　我会忍耐；在外表上忍住我的怒气。

克　　您瞧着那衣袖；瞧瞧清楚。他曾经爱过我——啊，
　　　负心的女人！把它还给我。

戴　　这是谁的？

克　　您已经还了我，不用再问了。明天晚上我不愿跟您相
　　　会。戴奥米第斯，请您以后不要再来看我了吧。

瑟　　现在她又要磨他了；说得好，磨石！

戴　　拿来给我。

克　　什么，是这个吗？

戴　　是这个。

克　　天上的诸神啊！你可爱的，可爱的信物！你的主人
　　　现在正在床上躺着想起你也想起我；他一定在那儿
　　　叹气，拿着我的手套，一边回忆一边轻轻的吻着它；
　　　就像我吻着你一样。不，不要从我手里把它夺去；

谁拿了它去，就是把我的心也一块儿拿了去了。

戴　你的心已经给了我了；这东西也是我的。

特　我已经发誓忍耐。

克　你不能把它拿去，戴奥米第斯；真的您不能拿去；我
　　宁愿把别的东西给您。

戴　我一定要这一个。它是谁的？

克　您不用问。

戴　快说，它本来是属于谁的？

克　它本来是属于一个比您更爱我的人的。可是您既然
　　已经拿了去，就给了您吧。

戴　它是谁的？

克　凭着黛安那女神和伺候她的那群星娥们起誓，我不
　　愿告诉您它是谁的。

戴　明天我要把它佩在我的战盔上，要是他不敢向我挑
　　战，也叫他看着心里难过。

特　即使你是魔鬼，把它挂在你的角上，我也要向你
　　挑战。

克　好，好，事情已经过去，也不用说了；可是不，我不
　　愿应您的约会。

戴　　好，那么再见；戴奥米第斯以后再不给你玩弄了。

克　　您不要去；人家刚说了一句话，您又恼起来啦。

戴　　我不欢喜给人开这样的玩笑。那么我要不要来？什么时候？

克　　好，你来吧；——天啊！——你来吧；——我一定要受神明的惩罚了！

戴　　再会。

克　　晚安；请你一定来。（戴下）别了，特洛埃勒斯！我的一只眼睛还在望着你，可是另一只眼睛已经随着我的心转换了方向。唉，我们可怜的女人！我发现了我们这一个弱点，我们的眼睛所犯的错误支配着我们的心；一时的失足把我们带到了永远错误的路上。（下）

瑟　　这是她对于她自己的贞节的最老实的供认，除非她再说一句，"我的心现在已经变成一个娼妇"。

尤　　没有什么好看的了，王子。

特　　是的，一切都完了。

尤　　那么我们还留在这儿干么？

特　　我要把他们在这儿说的话一个字一个字记录在我的

灵魂里。可是我倘把这两个人共同串演的这一本活剧告诉人家，虽然我宣布的是事实，这事实会不会是一个诳呢？因为在我的心里还留着一个顽强的信仰，不肯接受眼睛和耳朵的见证，好像这两个器官都是善于欺骗，它们的作用只是颠倒是非，淆乱黑白。刚才出来的真的是克蕾雪达吗？

尤　　我又不会驱神役鬼，特洛埃人。

特　　一定不是她。

尤　　的确是她。

特　　我还没有发疯，我知道那不是她。

尤　　难道倒是我疯了吗？刚才明明是克蕾雪达。

特　　为了女人的光荣，不要相信她是克蕾雪达！我们都是有母亲的；不要让那些找不到诽毁的题目的顽固批评家们得到借口，用克蕾雪达的例子来评断一切的女性；还是相信她不是克蕾雪达吧。

尤　　王子，她干了些什么事，可以使我们的母亲都蒙上污辱呢？

特　　她没有干什么事，除非刚才的女人真的就是她。

瑟　　他自己亲眼瞧见了还要强调诡辩吗？

特　这是她吗？不，这是戴奥米第斯的克蕾雪达。美貌如
果是有灵魂的，这就不是她；灵魂如果指导着誓言，
誓言如果代表着虔诚的心愿，虔诚如果是天神的喜
悦，世间如果有不变的常道，这就不是她。啊疯狂
的理论，矛盾的事实！这是克蕾雪达，又不是克蕾
雪达。我的灵魂里正在进行着一场奇怪的战争，一
件不可分的东西，分隔得比天地相去还要辽阔；可
是在这样广大的距离中间，却又找不到一个针眼大
的线缝。像地狱之门一样坚强的证据，证明克蕾雪
达是我的，上天的赤绳把我们结合在一起。像上天
本身一样坚强的证据，却证明神圣的约束已经分裂
松解，她的破碎的忠心，她的残余的爱情，她的狼
藉的贞操，都拿去向戴奥米第斯另结新欢了。

尤　尊贵的特洛埃勒斯也会受制于他所吐露的那种感
情吗？

特　是的，希腊人；我要用像热恋着维纳丝的战神马斯
的心一样鲜红的大字把它书写出来；从来不曾有过
一个年青的男子用我这样永恒而坚定的灵魂恋爱
过。听着，希腊人，正像我深爱着克蕾雪达一样，我

也同样痛恨着她的戴奥米第斯;他将要佩在盔上的那块衣袖是我的,即使他的盔是用天上的神火打成的,我的剑也要把它挑下来;疾风卷海,波涛怒立的声势,也将不及我的利剑落在戴奥米第斯身上的时候那样惊心动魄。

瑟 这是他偷女人的报应。

特 啊,克蕾雪达!负心的克蕾雪达!你好负心!一切不忠不信,无情无义,比起你的失贞背节来,都会变成光荣。

尤 啊!你忍着些吧;您这一番愤激的话,已经给人家听见了。

【伊尼亚斯上。

伊 殿下,我已经找了您这一点钟。赫克脱现在正在特洛埃披起他的甲胄来了。哀杰克斯等着护送您回去。

特 那么我们一同走吧。多礼的将军,再会。别了,叛逆的美人!戴奥米第斯,留心站稳了,顶一座堡垒在你的头上吧!

尤

特

瑟

我送你们两位到门口。

请接受我的中心恼乱的感谢。(特、伊、尤同下)

要是我碰见了那个混蛋戴奥米第斯!我要向他做老鸦叫,叫得他满身晦气。我倘把这婊子的事情告诉了伯特罗克勒斯,他一定愿意把无论什么东西送给我;鹦鹉瞧见了一粒杏仁,也不及他听见了一个近在手头的婊子更高兴。奸淫,奸淫;永远是战争和奸淫,别的什么都不时髦。浑身火焰的魔鬼抓了他们去!(下)

第三场 特洛埃；普赖姆王宫门前

【赫克脱及安特罗玛契上。

安　我的夫君今天怎么脾气坏到这样子，不肯接受人家的
　　劝告呢？脱下你的甲胄来，今天不要出去打仗了。

赫　不要激怒我，快进去；凭着一切永生的天神起誓，
　　我非去不可。

安　我的梦一定会应验的。

赫　别多说啦。

【凯珊特拉上。

凯　我的哥哥赫克脱呢？

安　在这儿，妹妹；他已经披上甲胄，充满了杀心。陪
　　着我向他高声恳求吧；让我们跪下来哀求他，因为
　　我梦见流血的混乱，整夜里只是梦着屠杀的惨象。

凯　啊！这是真的。

赫　喂！叫我的喇叭吹起来。

凯　　看在上天的面上，好哥哥，不要吹起进攻的信号来。

赫　　快去；天神已经听见我发过誓了。

凯　　天神对于愤激暴怒的誓言是充耳不闻的；它们是不
　　　洁的祭礼，比污秽的兽肝更受憎恨。

安　　啊！听从我们的劝告吧。不要以为自恃正义，便可以
　　　伤害他人；如果那是合法的，那么用暴力劫夺所得
　　　的财物拿去布施，也可以说是合法的了。

凯　　誓言是否有效，必须视发誓的目的而决定；不是任何
　　　的目的都可以使誓言发生力量。脱下你的甲胄吧，
　　　亲爱的赫克脱。

赫　　你们别闹。我的荣誉主宰着我的命运。生命是每一个
　　　人所重视的；可是高贵的人重视荣誉远过于生命。

【特洛埃勒斯上。

赫　　啊，孩子！你今天预备上战场吗？

安　　凯珊特拉，叫我的父亲来劝劝他。（凯下）

赫　　不，你不要去，特洛埃勒斯；脱下你的战甲，孩子；
　　　我今天充满了武士的精神。让你的筋骨再长得结实

　　一点，不要就去试探战争的锋刃吧。脱下你的战甲，

　　去，不要怀疑，勇敢的孩子，我今天要为了你，为

　　了我，为了整个的特洛埃而作战。

特　哥哥，您有一个太仁慈的弱点，这弱点适宜于一头狮

　　子，却不适宜于一个勇士。

赫　是怎样一个弱点，好特洛埃勒斯？你指出来责备

　　我吧。

特　好几次战败的希腊人倒在地上，您虽然已经举起您

　　的剑，却叫他们站起来，放他们活命。

赫　啊！那是公道的行为。

特　不，那是傻气的行为，赫克脱。

赫　怎么！怎么！

特　看在一切天神的面上，让我们把恻隐之心留在我们

　　母亲的地方；当我们披上甲胄的时候，让残酷的愤

　　怒指挥着我们的剑锋，执行无情的杀戮。

赫　嘿！那太野蛮了。

特　赫克脱，这样才是战争呀。

赫　特洛埃勒斯，我今天不要你临阵。

特　谁可以阻止我？命运，命令，或是握着火红的指挥

杖的战神的手，都不能叫我退下；普赖姆父王和赫
邱芭母后含着满眶的眼泪跪在地上，都不能打消我
的决心；就是您，我的哥哥，拔出您的锋利的剑来，
也挡不住我；除了我自己的毁灭以外，我不怕任何
的阻力。

【凯珊特拉携普赖姆上。

凯　　拖住他，普赖姆，不要放松。他是你的拐杖；要是
　　　你失去你的拐杖，那么你依靠着他，整个的特洛埃
　　　依靠着你，大家都要一起倒下了。

普　　来，赫克脱，来，回来；你的妻子做了恶梦，你的
　　　母亲看见幻象，凯珊特拉预知未来，我自己也像一
　　　个突然得到天启的先知一样，告诉你今天是一个不
　　　祥的日子，所以你回来吧。

赫　　伊尼亚斯在战场上等我；我和许多希腊人有约在先，
　　　今天一定要去跟他们相会。

普　　可是你不能去。

赫　　我不能失信于人。您知道我一向是不敢违抗您的意志

的，所以，亲爱的父亲，不要使我负上一个不孝的
名声，请您允许我出战吧。

凯　　普赖姆啊！不要听从他。

安　　不要允许他，亲爱的父亲。

赫　　安特罗玛契，你使我生气了。为了你对我的爱情，
　　　快给我进去吧。（安下）

特　　都是这个愚蠢的，做梦的，迷信的姑娘，凭空虚构
　　　出这许多恶兆。

凯　　啊，别了！亲爱的赫克脱！瞧，你死了！瞧，你的
　　　眼睛变成惨白了！瞧，你满身的伤口都在流血！听，
　　　特洛埃在呼号，赫邱芭在痛哭，可怜的安特罗玛契
　　　在发出她尖锐的悲声！瞧，慌乱，疯狂和惊愕，像
　　　一群没有头脑的痴人彼此相遇，大家都在哭喊着赫
　　　克脱：赫克脱死了！啊赫克脱！

特　　去！去！

凯　　别了。且慢，赫克脱，我还要向你告别：你欺骗了
　　　你自己，也欺骗我们全体的特洛埃人了。（下）

赫　　父王，您听见她这样嚷叫，有点儿惊恐吗？进去安
　　　慰安慰我们的军民；我们现在要出去作战，干一些

值得赞美的事情，今天晚上再来讲给您听吧。

普　再会，愿神明护佑你平安！（普、赫各下；号角声）

特　他们已经在打起来了，听！骄傲的戴奥米第斯，相信
　　我，我今天不是失去我的手臂，就要夺回我的衣袖。

【特洛埃勒斯将去时，潘达勒斯自另一方上。

潘　您听见吗，殿下？您听见吗？

特　现在又有什么事？

潘　这儿是那可怜的女孩子寄来的一封信。

特　让我看。

潘　这倒霉的混账咳嗽害得我好苦，还要让这傻丫头把
　　我搅得心神不安，又是这样，又是那样，看来我这
　　条老命也活不长久了；我的眼睛里又害起了风湿症，
　　我的骨节又是这么痛得利害，不知道我作了什么孽，
　　才受到这样的罪。她说些什么？

特　空话，空话，只有空话，没有一点真心；行为和言
　　语背道而驰。（撕信）去，你风一样轻浮的，跟着
　　风飘去，也化成一阵风吧。她用空话和罪恶搪塞我
　　的爱情，却用行为去满足他人。（各下）

第四场 特洛埃及希腊营地之间

【号角声；军士混战；瑟息替斯上。

瑟　　现在他们在那儿打起来了，待我去看个热闹。那个
　　　奸诈的卑鄙小人，戴奥米第斯，把那个下流的痴心
　　　的特洛埃小傻瓜的衣袖裹在他的战盔上；我巴不得
　　　看见他们碰头，看那头爱着那婊子的特洛埃小驴子
　　　怎样放那个希腊淫棍回到那只假情假义的浪蹄子那
　　　儿去，叫他有袖而来，无袖而归。在另一方面，那
　　　些狡猾的信口发誓的坏东西，——那块耗子咬过的
　　　陈年干酪，纳斯脱，和那头狗狐尤列赛斯，他们定
　　　下的计策，简直不值一颗乌莓子：他们的计策是要
　　　叫那条杂种恶狗哀杰克斯去对抗那条同样坏的恶狗
　　　亚契尔斯；现在哀杰克斯那恶狗已经变得比亚契尔
　　　斯那恶狗更骄傲了，今天他不肯出战；所以那些希
　　　腊人都像野蛮人一样胡作非为起来，计策权谋把军
　　　誉一起搅坏了。且慢！衣袖来了；那一个也来了。

【戴奥米第斯上，特洛埃勒斯随上。

特　　别逃走；你就是跳下了冥河，我也要入水来追你。

戴　　你弄错了，我没有逃；因为你们人多，好汉不吃眼前亏，所以我才抽身出来。照剑！

瑟　　守住你那婊子，希腊人！为了那婊子的缘故，特洛埃人，出力吧！挑下那衣袖来，挑下那衣袖来！（特、戴随战随下）

【赫克脱上。

赫　　希腊人，你是谁？你也是要来跟赫克脱比一个高下吗？你是不是一个贵族？

瑟　　不，不，我是个无赖，一个只会骂人的下流汉，一个卑鄙龌龊的小人。

赫　　我相信你；放你活命吧。（下）

瑟　　慈悲的上帝，你居然会相信我！这天杀的把我吓了这么一跳！那两个扭成一团的混蛋呢？我想他们也许把彼此吞下去了，那才是个笑话哩。我去找他们去。（下）

第五场 战地的另一部分

【戴奥米第斯及仆人上。

戴　　来，给我把特洛埃勒斯的骏马牵了回去，把它奉献给
　　　我的爱人克蕾雪达，向她表示我对于她的美貌的敬
　　　礼；对她说，我已经教训过那个多情的特洛埃人，
　　　用事实证明我是她的武士了。

仆　　我就去，将军。（下）

【阿加曼侬上。

阿　　添援兵，添援兵！凶猛的坡列达麦斯已经把孟侬打
　　　了下来；那私生子玛加雷浪把都里厄斯捉了去，像
　　　一尊巨大的石像似的，站在被杀的厄辟斯脱洛弗斯
　　　和西第厄斯二王的尸体上，挥舞着他的枪杆；坡列
　　　克西尼斯也死了；安腓玛赤斯和托阿斯都受到致命
　　　的重伤；伯特罗克勒斯被擒被杀，下落不明；巴拉
　　　米第斯身受重创；可怕的赛杰泰利大逞威风，把我

们的军士吓得四散奔窜。戴奥米第斯，快去添援兵，否则我们要一败涂地了。

【纳斯脱上。

纳　去，把伯特罗克勒斯的尸体抬到亚契尔斯帐里；再叫那像蜗牛一样慢吞吞的哀杰克斯赶快披上甲胄。有一千个赫克脱在战场上，一会儿他骑着马在这儿鏖战，一会儿他又在那边徒步奔突，当着他的人逃的逃，死的死，就像一群轻舟小艇，遇见了一头吸海的巨鲸一样；一会儿他又在别的地方，把那些稻草般的希腊人摧枯拉朽似的杀得望风披靡，这里，那里，到处有他神出鬼没的踪迹，他的敏捷的行动，简直是得心应手，要怎么样便怎么样，看见了也会叫人不相信自己的眼睛。

【尤列赛斯上。

尤　啊！勇气，勇气，王子们！伟大的亚契尔斯在披起战甲来了；他在哭泣，咒骂，发誓复仇，伯特罗克勒斯身上的创伤已经激起了他的昏睡的雄心；他手下的那些负伤的壮士，有的割去了鼻子，有的砍掉了手，断臂的，刖足的，都在叫喊着赫克脱的名字。哀杰克斯也失去了一个朋友，恼得他咬牙切齿，已经披甲出战，要去找特洛埃勒斯拼命；那特洛埃勒斯今天就像发了疯似的横冲直撞，勇不可当，命运也像故意讥讽智谋的无用一样，对他特别照顾，使他战无不胜。

【哀杰克斯上。

哀　　特洛埃勒斯！你这懦夫躲到那里去了？（下）

戴　　在那儿，在那儿。

纳　　好，好，我们也上去杀一阵。

【亚契尔斯上。

亚　　这赫克脱在什么地方？来，来，你这吓吓小孩子的

家伙，还不给我露脸吗？我要让你知道遇见一个发怒的亚契尔斯是怎么样的。赫克脱！赫克脱呢？我只要找赫克脱。（各下）

第六场　战地的另一部分

【哀杰克斯上。

哀　　特洛埃勒斯，你这懦夫，出来！

【戴奥米第斯上。

戴　　特洛埃勒斯！特洛埃勒斯在什么地方？

哀　　你要找他干么？

戴　　我要教训教训他。

哀　　等我做了元帅，你在我的地位，你再来教训他吧。

　　　特洛埃勒斯！喂，特洛埃勒斯！

【特洛埃勒斯上。

特　　啊奸贼，戴奥米第斯！转过你的奸诈的脸来，你这
　　　奸贼！拿你的命来赔还我的马儿！

戴　　吓！你来了吗？

哀　　我要独自战他；站开，戴奥米第斯。

戴　　他是我的目的物；我不愿意袖手旁观。

特　　来，你们这两个希腊贼子；你们一起来吧！（随战
　　　随下）

【赫克脱上。

赫　　呀，特洛埃勒斯吗？啊，打得好，我的小兄弟！

【亚契尔斯上。

亚　　现在我看见你了。吓！照剑，赫克脱！

赫　　住手，你还是休息一会儿。

亚　　我不要你卖什么人情，骄傲的特洛埃人。我的手臂
　　　久已不举兵器了，这是你的幸运；我的休息和怠惰，
　　　给你很大的便宜；可是我不久就会让你知道我的利
　　　害。现在你还是去追寻你的命运吧。（下）　　．

赫　　再会，要是我早知道会遇见你，我的勇气一定会增
　　　加百倍。啊，我的兄弟！

【特洛埃勒斯重上。

特　　哀杰克斯把伊尼亚斯捉了去了；真有这样的事吗？不，凭着那边天空中灿烂的阳光发誓，他不能让他捉去；我一定要去救他出来，否则宁愿让他们把我也一起捉了去。听着，命运！今天我已经把死生置之度外了。（下）

【一武士披富丽铠甲上。

赫　　站住，站住，希腊人；你是一个很好的目标。啊，你不愿站住吗？我很欢喜你这身甲胄；即使把它割破砍碎，也要剥它下来。畜生，你不愿站住吗？好，你逃，我就追，非得剥下你的皮来不可。（同下）

第七场 战地的另一部分

【亚契尔斯及众武士上。

亚　过来，我的武士们，听好我的话。你们看我到什么
　　地方，就跟到什么地方。不要动你们的刀剑，蓄养
　　好你们的气力；当我找到了凶猛的赫克脱以后，你
　　们就用武器把他密密围住，一阵乱剑剁死他。跟我
　　来，孩儿们，留心我的行动；伟大的赫克脱决定要
　　在今天丧命。（同下）

【米尼劳斯及巴里斯互战上；瑟息替斯随上。

瑟　那忘八跟那奸夫也打起来了。出力，公牛！出力，狗
　　子！呦，巴里斯，呦！啊，我的两个雌儿的麻雀！呦，
　　巴里斯，呦！那公牛打胜了；喂，留心他的角！（巴、
　　米下）

【玛加雷浪上。

玛　　奴才，转过来跟我打。

瑟　　你是什么人？

玛　　普赖姆的庶子。

瑟　　你是个私生子，我也是个私生子；我欢喜私生子。一头熊不会咬它的同类，那么私生子为什么要自相残杀呢？再会，私生子。（下）

玛　　魔鬼抓了你去，懦夫！（下）

第八场 战地的另一部分

【赫克脱上。

赫　　富丽的外表包裹着一个腐烂不堪的核心，你这一身
　　　好盔甲送了你的性命。现在我已经完毕一天的工作，
　　　待我好好休息一下。我的剑啊，你已经饱餐了鲜血
　　　和死亡，你也休息休息吧。（脱下战盔，将盾牌悬
　　　挂背后）

【亚契尔斯及众武士上。

亚　　瞧。赫克脱，太阳已经开始没落，丑恶的黑夜在他
　　　的背后追踪而来；赫克脱的生命，也要跟太阳一起
　　　西沉，结束了这一个白昼。

赫　　我现在已经解除武装；不要乘人不备，希腊人。

亚　　动手，孩儿们，动手！这就是我所要找的人。（赫倒
　　　地）现在，特洛埃，你也跟着倒下来吧！这儿躺着
　　　你的心脏，你的筋肉，你的骨骼。上去，武士们！

　　大家齐声高呼，"亚契尔斯已经把勇武的赫克脱杀
　　死了！"（吹归营号）听！我军在吹归营号了。

武士　主将，特洛埃的喇叭跟我们的喇叭是一样声音的。

亚　　黑夜的巨龙之翼已经覆盖了大地，分开了交战的两
　　军。我的尚未餍足的宝剑，因为已经尝到了美味，
　　也要归寝了。（插剑入鞘）来，把他的尸体缚在我
　　的马尾巴上，我要把这特洛埃人拖过战场。（同下）

第九场 战地的另一部分

【阿加曼侬，哀杰克斯，米尼劳斯，纳斯脱，戴奥米第斯，及余人等列队行进。内喧呼声。

阿　　听！听！那是什么呼声？

纳　　静下来，鼓声！

内呼声　亚契尔斯！亚契尔斯！赫克脱被杀了！亚契尔斯！

戴　　听他们的呼声，好像是赫克脱给亚契尔斯杀了。

哀　　果然有这样的事，我们也不要自夸；伟大的赫克脱
　　　并没有不如他的地方。

阿　　大家静静前进。去一个人到亚契尔斯的地方，请他
　　　到我的大营里来。要是他的死是天神有心照顾我们，
　　　那么伟大的特洛埃已经是我们的，惨酷的战争也要
　　　从此结束了。（众列队行进下）

第十场 战地的另一部分

【伊尼亚斯及特洛埃军士上。

伊　　站住！我们现在还控制着这战场。不要回去，让我们忍着饿挨过这一夜。

【特洛埃勒斯上。

特　　赫克脱被杀了。

众　　赫克脱！那有这样的事！

特　　他死了，他的尸体缚在那凶手的马尾上，惨无人道地拖过了充满着耻辱的战场。天啊，颦蹙你的怒眉，赶快降下你的惩罚来吧！神明啊，坐在你们的宝座上，眷顾着特洛埃吧！让你们的迅速的灾祸变成慈悲，不要迟延我们无可避免的毁灭吧！

伊　　殿下，您不要沮丧我们全军的士气。

特　　你没有了解我的意思，所以才会对我说这样的话。我没有说到逃走，恐惧和死亡；我是向着一切天神和

世人所加于我们的迫切的危险挑战。赫克脱已经离
我们而去了；谁去把这样的消息告诉普赖姆和赫邱
琶呢？有谁现在到特洛埃去，宣布赫克脱的死讯的，
让他永远被称为不祥的啼枭吧。这样一句话是会使
普赖姆变成一座石像，使妇女们变成泪泉和化石，
使少年们变成冰冷的雕像，使整个的特洛埃惊怖失
色的。可是去吧，赫克脱死了，还有什么话说呢？
且慢！你们这些可恶的营帐，这样骄傲地布下在我
们腓利基亚的平原上，无论太阳起得多早，我要把
你们踏为平地！还有你，你这肥胖的懦夫。无论怎
样广阔的距离，都不能分解我们两人的仇恨；我要
永远像一颗疑神疑鬼的负疚的良心一样缠绕着你！
回到特洛埃去！我们不要懊恼，让复仇的希望掩盖
我们内心的悲痛。（伊尼亚斯及特洛埃军队下）

【特洛埃勒斯将去时，潘达勒斯自另一方上。

潘　　听我说，听我说！

特　　滚开，下贱的龟奴！丑恶和耻辱追随着你，永远和

你的名字连在一起！（下）

潘　　好一服医治我的骨痛的妙药！啊世界，世界，世界！

一个替别人奔走的人，是这样被人轻视！做卖国贼的，

做淫媒的，人家用得着你们的时候，是多么的重用

你们，可是他们会给你们些什么好处呢？为什么人

家这样欢喜我们所干的事，却这样痛恨我们的行业？

有什么诗句可以证明？——让我想一想！——

那采蜜的蜂儿无虑无愁。

终日在花丛里歌唱优游；

等到它一朝失去了利刺，

甘蜜和柔歌也一齐消逝。

奉告吃风月饭的朋友们，把这几句诗做你们的座右

铭吧。（下）

附 录

关于"原译本"的说明

文 / 朱尚刚

朱生豪从 1935 年做准备工作开始，历时近十年，完成了 31 部莎剧的翻译工作，虽然最终未能译完全部莎翁剧作，但已经为将这位世界文坛巨匠介绍给中国人民做出了卓越的贡献。朱生豪译莎以"保持原作之神韵"为首要宗旨，他的译作也的确实现了这个宗旨，至今仍受到读者的欢迎和学界的高度评价。

朱生豪的译莎工作是在贫病交加、极端困难的情况下进行的。日本侵略者的炮火两度摧毁了他已经完成的几乎全部译稿和辛苦搜集起来的各种莎剧版本、注释本和大量参考资料，在最后为译莎而以命相搏的时候，手头"仅有的工具书，只是两本词典——牛津词典和英汉四用辞典。既无其他可以参考的书籍，更没有可以探讨质疑的师友"。而且他当时毕竟还是一个阅历不深的年轻人，虽然有着出众的才华，然而翻译作品中存在各种各样的缺陷和疏漏是完全可以想象的。

朱生豪的遗译最早于 1947 年由世界书局出版（收入除历史剧外的剧本 27 种），以后于 1954 年由作家出版社出版了包括全部朱生豪译作的《莎士比亚戏剧集》。上世纪60年代初期，人民文学出版社组织了一批国内一流的专家对朱译莎剧进行校订和补译，原打算在1964年纪念莎翁400周年诞辰时出版完整的《莎士比亚全集》，后因各种原因一直到1978年才得以问世。

《莎士比亚全集》的出版，是我国一代莎学大师通力合作取得的划时代的成就。经校订的朱译莎剧，在很大程度上纠正了原译本因各种主客观原因而产生的缺陷和疏漏，并体现了当时在英语语言和莎学研究上的新成果，是对朱生豪译莎事业的进一步提升和完善。我对这一代莎学前辈们的努力表示真挚的感谢和崇高的敬意！

上世纪九十年代后期，为反映新时代语言的发展和新的学术成果，译林出版社再次组织专家进行了对朱译莎剧的校订，并出版了新的校订本。

校订过程中除了对一些理解或表达方面的缺疵进行修改外，反映较多的是原译本中"漏译"的内容。实际上我相信朱生豪真正因为"疏忽"而漏译的情况即使不是绝对没有，也应该是极少的。我估计，有些地方可能是因为当时的客观条件实在太差，有些地方实在难以理解又没有任何资料可以查考，因此在不影响剧本相对顺畅性的前提下只能跳过去了。

而更多的情况下是有些内容和说法似乎有点"不雅",朱生豪出于中国传统的思维习惯,就把这些"不雅"的东西删去了。这种做法是否合适是有待商榷的,但也在一定程度上反映了那个特定的时代,特定的阶层,特定的译者的思维方式和特征。

莎士比亚的话题是说不尽的,同样,对莎士比亚的翻译和研究也是说不尽的。经校订的朱译莎剧无疑是对原译稿的改善,但从某种意义上来说,校订者和原译者的思维定式和语言习惯难免有所不同,因此也有读者感到经校订后的译文在语言风格的一致性等方面受到了影响,还有学者对某些修改之处也提出存疑。这些也是很正常的现象,再好的校订本也需要在实践和历史中经受检验,进一步地"校订"和完善。

也是出于这样的考虑,社会上对未经"校订"的朱生豪原译本也产生了相当的兴趣,希望能看到完全体现朱生豪翻译风格,能反映那个时代的语言习惯和学术水平的原译本,看到一个本色的朱生豪译本(包括他的错漏之处)。这在我们这个多元化的社会中应该是一个合理的希求。这次中国青年出版社出版这套原译本系列,正是顺应了这样一种需求,并借此来表达对我的父亲——朱生豪诞辰 100 周年的纪念之情。我对此表示真挚的谢意!

译者自序

（原文收录于1947年版《莎士比亚戏剧全集》）

于世界文学史中，足以笼罩一世，凌越千古，卓然为词坛之宗匠，诗人之冠冕者，其唯希腊之荷马，意大利之但丁，英之莎士比亚，德之歌德乎。此四子者，各于其不同之时代及环境中，发为不朽之歌声。然荷马史诗中之英雄，既与吾人之现实生活相去过远；但丁之天堂地狱，复与近代思想诸多抵牾；歌德去吾人较近，彼实为近代精神之卓越的代表。然以超脱时空限制一点而论，则莎士比亚之成就，实远在三子之上。盖莎翁笔下之人物，虽多为古代之贵族阶级，然彼所发掘者，实为古今中外贵贱贫富人人所同具之人性。故虽经三百余年以后，不仅其书为全世界文学之士所耽读，其剧本且在各国舞台与银幕上历久搬演而弗衰，盖由其作品中具有永久性与普遍性，故能深入人心如此耳。

中国读者耳莎翁大名已久，文坛知名之士，亦尝将其作品，译出多种，然历观坊间各译本，失之于粗疏草率者尚少，失之于拘泥生硬者实繁有徒。拘泥字句之结果，不仅原作神味，荡焉无存，甚且艰深晦涩，有若天书，令人不能卒读，此则译者之过，莎翁不能任其咎者也。

余笃嗜莎剧，尝首尾研诵全集至十余遍，于原作精神，自觉颇有会心。廿四年春，得前辈同事詹文浒先生之鼓励，始着手为翻绎全集之尝试。越年战事发生，历年来辛苦搜集之各种莎集版本，及诸家注释考证批评之书，不下一二百册，悉数毁于炮火，仓卒中惟携出牛津版全集一册，及译稿数本而已。厥后转辗流徙，为生活而奔波，更无暇晷，以续未竟之志。及三十一年春，目观世变日亟，闭户家居，摈绝外务，始得专心壹志，致力译事。虽贫穷疾病，交相煎迫，而埋头伏案，握管不辍。凡前后历十年而全稿完成，（案译者撰此文时，原拟在半年后可以译竟。讵意体力不支，厥功未就，而因病重辍笔）夫以译莎工作之艰巨，十年之功，不可云久，然毕生精力，殆已尽注于兹矣。

余译此书之宗旨，第一在求于最大可能之范围内，保持原作之神韵；必不得已而求其次，亦必以明白晓畅之字句，忠实传达原文之意趣；而于逐字逐句对照式之硬译，则未敢赞同。凡遇原文中与中国语法不合之处，往往再四咀嚼，不惜全部更易原文之结构，务使作者之命意豁然呈露，不为晦涩之字句所掩蔽。每译一段竟，必先自拟为读者，察阅译文中有无暧昧不明之处。又必自拟为舞台上之演员，审辨语调之是否顺口，音节之是否调和。一字一句之未惬，往往苦思累日。然才力所限，未能尽符理想；乡居僻陋，既无参考之书籍，又鲜质疑之师友。谬误之处，自知不免。所望海内学人，惠予纠正，幸甚幸甚！

原文全集在编次方面，不甚惬当，兹特依据各剧性质，分为"喜剧"、"悲剧"、"杂剧"、"史剧"四辑，每辑各自成一系统。读者循是以求，不难获见莎翁作品之全貌。昔卡莱尔尝云，"吾人宁失百印度，不愿失一莎士比亚。"夫莎士比亚为世界的诗人，固非一国所可独占；倘因此集之出版，使此大诗人之作品，得以普及中国读者之间，则译者之劳力，庶几不为虚掷矣。知我罪我，惟在读者。

生豪书于三十三年四月。

编辑后记

历时两年，这套"莎士比亚戏剧朱生豪原译本全集"（31部）终于全部付印了。在编辑工作中，遇到一些问题，让我们觉得有必要说明一二。

朱生豪原译的莎士比亚戏剧完成于70多年前的民国时期。有很多用法跟我们现代汉语习惯有差别，有的差别还挺大。

对于这些差别和问题，如何处理？为妥善解决原译本和现代汉语的用法习惯等的差别问题，我们特地请教了一些编辑前辈名家（如国家语委的厉兵老师）和研究莎士比亚戏剧的专家学者（如屠岸先生、陈才宇老师）。专家们和我们在这个问题上达成了基本共识，那就是：只要不是笔误或排印错误，都最大限度地保持原貌。现在，把遇到的问题与处理方法都列出来，供读者参考。

1. 当时白话文尚处于发展的早期，有许多字词用法的随意性较大，因此在朱生豪译文中有很多词语跟现在经过规范化的用法不大一样。比如："走头无路"、"甚么"、"黑魆魆"、"身分"、"顽笑"、"跌交"、"叫化"等等，我们在编辑中都保持了原貌。

2.同样，由于当时西方文化进入中国人的视野也属早期，译者对专有名词的翻译也较粗放，并不像现在对很多人名、地名，以致货币名等译法都有了相对稳定的通用，对原译本中和现在通用译法不同的表述，比如："维纳丝"，今译为"维纳斯"；"特洛埃"，今译为"特洛伊"；"克郎"，今译为"克朗"等等；以及大量出现的剧中人物名，我们也都保持了原来的译法。

3.有时甚至同一个人名或者词语在剧本中也不统一。对于这类问题，按照现在的编辑习惯，可能不符合图书质量检验的要求。

比如，在《错误的喜剧》、《维洛那二士》等剧本中出现了"什么"和"甚么"的混用。厉兵老师认为，"五四"以后至新中国成立初，文人的中文著作在用字和用词方面跟目前的规范很不一样。除了"甚么"与"什么"外，其实还有很多，比如"的、地、得"的用法也跟今天不同（毛泽东的"生的伟大，死的光荣"即如是），今天的"介绍"那时说"绍介"，等等。像这些名家的作品，如果采用的原版图书出自较权威的出版社，原则上以维持原貌为宜。如果有错别字，也照登，可加脚注注释，或者在"出版说明"中说明新版在字词处理上的基本原则。朱尚刚先生分析后认为，"什么"和"甚么"在现在虽然规范为统一用"什么"，但在朱生豪原来的译文中二者还是有语气轻重的差别，并非完全随意的。

再比如，在《驯悍记》中，同一个人名在英语原著和朱生豪的译文中前后都出现了两种不同的写法。凯萨琳那和凯萨琳（Katherine 和 Katherina）、克里斯托弗·史赖和克里斯托弗洛·史赖（Christopher Sly 和 Christophero Sly），对于这个问题是否需要统一，我们请教了陈才宇老师。陈老师认为，莎士比亚时代的英语受拉丁语和法语的影响，拼写方式很不稳定，出现不同的拼法是有可能的。若是重新进行翻译或是对现有译本进行校订的话，以统一起来为好。但作为原译本，为保持其原貌，我们予以保留，并加注释说明还是合适的。

4. 还有一些词语，随着时代的发展已经逐步退出了人们的视野。比如"尊价"，在《辞海》中"价"字条中有一项解释为"旧称供役使的人"。原译本用"尊价"有其妙处，既没有搞混身份，又显得十分讲究礼节，更能体现莎剧的韵味。类似的还有"要公"、"巨浸"、"行强"、"靴距"、"旨酒"等等，这些词语现代的读者或许觉得难以理解，但仔细探究后可知都还是不错的，有出处，甚至有典故，更能反映当时的时代特征。

5. 有一个重要的问题需要说明一下，即关于本全集中采用的剧名，我们全部采用朱生豪的原译名：《汉姆莱脱》，今译为《哈姆雷特》；《奥瑟罗》，今译为《奥赛罗》……这可能会让已经习惯了"哈姆雷特"等译名的读者很不习惯。但是，相信你读到《女王殉爱记》（今译为《安东尼与克里奥佩特拉》）、《英雄叛国记》（今译为《科利奥兰纳斯》）、《量罪记》（今译为《一报还一报》）、《该撒遇弑记》（今译为《裘力斯·凯撒》）……等"原译名"时，会有一种得到补偿的感觉。

6. 在编校中我们遇到的最困难的事情，就是未收入世界书局版《莎士比亚戏剧全集》（1~3辑）的四部历史剧。这四部历史剧1954年出版时，宋清如女士把原来的翻译手稿提供给出版社，编辑者作过一些修改，这次为体现原译原貌，基本上是依据翻译手稿排印的。

7. 原译本中采用了一些很有特色的吴方言元素，比如"我不听见"、"多少重要"、"哎呀，一眽可晒得长久！""可是没有香过你家看门人女儿的脸吧？"使用的这些方言词语往往具有特殊的表现力，一般也能为非该方言区的读者所理解。

我们在拜访著名文学家、翻译家屠岸先生时，屠岸先生特别强调，虽然朱生豪的译文难免有一些错漏之处，但他还是很好地把莎剧的神韵译了出来，在当时那样困难的条件下，完成这样一项工程很了不起，对这些错漏之处我们应该予以宽容。

最后，虽然经过近两年的策划与编辑，我们已经尽了最大的努力核对原版本和手稿原文，并参照上述专家学者和名家前辈的意见，处理编校问题，但由于自身水平有限，人力和精力有限，不足之处在所难免，请方家指正！

我们的初衷，就是出版一套能真正反映莎士比亚戏剧朱生豪"原译"风貌的版本，供大众阅读和学者研究所需。若是有所缺漏，或您有新的研究发现，敬请联系我们，以备补充、修订和完善此版本，提供更精要准确和更有版本价值的莎剧朱译"原译本"。

中国青年出版社

新青年读物工作室

2013 年 6 月

图书在版编目（CIP）数据

特洛埃围城记 / （英）莎士比亚（Shakespeare,W.）著；
朱生豪译 . —北京：中国青年出版社，2013.4
（新青年文库·莎士比亚戏剧朱生豪原译本全集）
ISBN 978-7-5153-1486-0

I. ①特… II. ①莎… ②朱… III. ①戏剧文学－剧本－英国－中世纪
IV. ① I561.33

中国版本图书馆 CIP 数据核字 (2013) 第 044469 号

书　　名：特洛埃围城记
著　　者：【英】莎士比亚
译　　者：朱生豪
审　　订：朱尚刚
责任编辑：庄庸　王昕
特约策划：张瑞霞
特约编辑：于晓娟
出版发行：中国青年出版社
社　　址：北京东四十二条 21 号
邮政编码：100708
网　　址：www.cyp.com.cn
门 市 部：（010）57350370
印　　刷：三河市君旺印刷厂
经　　销：新华书店

开　　本：700×1000　1/32
印　　张：6.5
字　　数：150 千字
版　　次：2013 年 6 月北京第 1 版印刷
印　　次：2013 年 6 月河北第 1 次印刷
印　　数：0,001–4,000 册
定　　价：19.80 元

本图书如有印装质量问题，请凭购书发票与质检部联系调换
联系电话：（010）57350337